The Womanizer

Die 3 Schwestern

Holen wir das Triple!

AF191385

The Womanizer

Die 3 Schwestern

Holen wir das Triple!

Bibliografische Informationen der Deutschen Nationalbibliothek
Die Deutsche Nationalbibliothek verzeichnet diese Publikation in der
Deutschen Nationalbibliografie; detaillierte bibliografische Daten sind
im Internet über dnb.dnb.de abrufbar.

Printed in Germany

ISBN 978-3-7578-1773-2

Herstellung und Verlag: BoD – Books on Demand, Norderstedt

Die 3 Schwestern

Holen wir das Triple!

The Womanizer

Inhaltsverzeichnis

Die 3 Schwestern

Hast Du schon mal die hübsche Schwester Deiner Traumfrau gehabt? Oder sogar beide Schwestern Deiner Traumfrau? Ich habe meine Traumfrau plus ihre beiden Sisters vernascht! Das war ein spannendes Erlebnis. JJ, AJ und MJ gehörten alle mir, doch bis heute wissen sie nicht, dass sie mich schwesterlich geteilt haben. Das Geile war: Alle 3 sahen nicht nur gleich aus, sondern sexten auch identisch.

In Frankreich war ich als Student im Auslandssemester und lebte bei einer reichen Familie, deren Tochter Merle hieß. Merle war eine Perle. Sie war dem ebenfalls exquisit situierten Jean versprochen und mit ihm zusammen, doch hatte ein Auge auf mich geworfen. In Schwimmwettkämpfen kam ich ihr näher und beeindruckte sie, in der Sauna passierte es. Merle wurde schwach und machte mich zum Gott in Frankreich.

Als knackiger Mittvierziger erhielt ich die geile Chance, mein Comeback bei Robinson zu feiern. Als „Robin" legte ich los wie die Feuerwehr und schnappte mir gleich mehrere Bräute in nur 14 Tagen, u.a. die Freundin des Clubchefs Thierry, die mir zuerst nur helfen wollte, aber dann mir verfiel. Die Damen-Tennismannschaft spielt ebenfalls eine wichtige Rolle, nicht nur eine war heiß auf mich.

Einen geilen Horror erlebte ich in Kempten. Joyce war eine kranke Frau, ihre sexuell-sadistischen Spiele brachten mich an den Rand des Wahnsinns. Doch da war auch ihre Gespielin Biggy, die niedliche Unbekannte, die nicht sprechen durfte, aber alles mitmachen musste. Ich nahm die Herausforderung an und genoss völlig neue, wenn auch teilweise krasse Dimensionen von Sex.

Freut Euch auf die 3 Schwestern und zahlreiche weitere Abenteuer meines Womanizer-Daseins, die ich Euch prickelnd und hautnah schildere. Das Triple ist nicht nur für den FC Bayern München greifbar!

Euer Womanizer

Frankreich, Frankreich

Zuhause wurde renoviert und geräumt. Ich hatte im Keller einiges zu optimieren und mistete gleichzeitig aus. Dabei stieß ich auf eine alte Festplatte von mir. Neugierig stöpselte ich sie an meinen PC an und klickte mich durch. Mann, das war 20 Jahre her! Viele Fotos und Ordner meiner Vergangenheit erweckten schöne Erinnerungen. Dabei stieß ich auf den Ordner „Merle". Merle lernte ich kennen, da war ich Anfang 20. Alles noch weit vor meiner lieben Gattin Andrea. Ich war im Auslandssemester in Frankreich und lebte bei einer sehr netten Gastfamilie. Das Gastpaar hatte eine Tochter: Merle.

Merle war damals gerade volljährig geworden und bildhübsch. Blonde, lange Haare, ein Engelgesicht, eine überaus sexy Figur, strahlende Augen und eine so süße Stimme. Als ich in die Familie kam, verstand ich mich mit allen auf Anhieb sehr gut. Der Vater Claude war ein erfolgreicher Bankier, die Mutter Isabelle eine gutaussehende und pfiffige Hausfrau. Sie musste ja nicht arbeiten gehen, da Claude extrem gut verdiente. Merle brachte nur reife Einser nach Hause, sie war im Begriff, Jura zu studieren.

Das Haus war riesig und groß, ich hatte ein luxuriöses eigenes Zimmer im 2. Stock, direkt neben Merle. Merle hatte einen Freund, Jean. Jean war 23 und sehr nett. Groß, gutaussehend, sportlich und schlau. Angehender Doktor. Ein Charmeur. Doch er war auch ein Konkurrent für mich, denn er nahm mir die Gelegenheit, Merle anzubaggern. Mist.

Egal, denn außer Merle gab es noch eine Menge anderer hübscher Französinnen in Paris. Ich konnte damals schon gut Französisch und lernte es immer besser. Französisch wurde neben Deutsch und Englisch zu meiner dritten starken Sprache. Danke, Frankreich! Merle und ich lebten zwei verschiedene Leben: sie in der High Society, ich damals noch als simpler Student. Dass ich eines Tages Millionär werden würde, damit hätte damals – außer mir – wohl keiner gerechnet. Und doch: Ich war schon damals smart und wusste, dass ich etwas ganz Besonderes bin. Mir gehörte die kleine Welt.

Schon in Paris war ich ein Playboy und ein Womanizer. Die Family Forget ließ mir freie Hand, wen ich wann mit nach Hause brachte, und wie oft. Im 2. Stock oben hatte ich ja meine Ruhe und außer Merle nebenan keinerlei Gesellschaft. Das nette Ehepaar wohnte unten im Erdgeschoss. Der 1. Stock bestand aus diversen Zimmern für den Luxusgebrauch: Fitness-Sportzimmer (Isabelle), Hundezimmer (Ballerina), Modelleisenbahnzimmer (Claude), Musikzimmer (Merle) u.v.m. Oben im 2. Stock hatte Merle ihr Reich mit großem Apartment, das aus 3 Zimmern bestand, dazu ein goldenes Badezimmer mit Dusche, Wanne und Whirlpool. Im langen Keller waren ein Swimming Pool und eine Sauna.

Ich bekam es schon mit, wenn Jean da war und er und Merle aktiv waren. Ihr Schlafzimmer grenzte an mein Zimmer, also hörte ich manchmal auch ihr Bettspiel, obwohl die Wände im ganzen Haus relativ dick waren. Hier oben hatte sie ihre Freiheit. Unten würden ihre Eltern ganz sicher nichts von ihrem und Jeans Gestöhne hören. Also konnte auch ich mich austoben. Regelmäßig brachte ich andere Mädels mit. Einige davon sahen meine Gastfamilie, andere nicht.

Ich hatte einen eigenen Hausschlüssel, konnte also auch gezielt Mädels ein- und ausschleusen. Eines Abends war ich allein. Merles Eltern hatten sich in einen 2,5-wöchigen Urlaub in ihr nobles Ferienhaus in Lyon verabschiedet. Ich schlenderte runter ins Erdgeschoss und holte mir eine Cola aus dem Kühlschrank. „Gibst Du mir auch eine?", hörte ich eine Stimme von hinten. Es war Merle. Die kecke Blondine stand direkt hinter mir. War sie mir etwa gefolgt?

Ich spielte den Butler des Hauses, öffnete und übergab ihr ihre C-Cola. Es war das allererste Mal, dass wir beide allein und ungestört im Haus waren. „Und, wie geht´s Dir so? Ich hoffe, Du fühlst Dich richtig wohl bei uns", startete sie die Konversation. „Ja, sehr sogar", nickte ich und schlürfte Coke. „Ich bin sehr dankbar, bei Euch gelandet zu sein. Ihr seid eine ganz tolle Familie." Sweet Merle wollte mehr über mich wissen und ich erzählte ihr meine bisherige Lebensgeschichte. Auch ich wollte mehr über sie wissen, so erzählte sie mir ihre bisherige Lebensgeschichte.

Diese war deutlich luxuriöser und anspruchsvoller als meine. Passte aber gut zu ihr. Wir saßen auf dem Riesensofa und unterhielten uns locker 2,5 Stunden. Da es Sommer war und ihr heiß, schlug sie vor, eine Runde schwimmen zu gehen. Eine gute Idee. Es war zwar schon spät, kurz nach 23 Uhr, und so heiß war mir gar nicht, da die Klimaanlage gute Dienste leistete, aber so einer lieben Einladung wollte ich Folge leisten. „Gut, ich ziehe mich um, wir treffen uns in 5 Minuten hier." Ich gehorchte und zog mich ebenfalls um. 5 Minuten später sah ich Merle zum ersten Mal im Badeanzug. Es war ein Bikini, der mehr Haut zeigte als verdeckte.

Sie stolzierte mit ihren langen, blonden Haaren wie ein Engel auf mich zu. Das knallrote Oberteil präsentierte tolle Brüste, ein Tanga unten ihre beiden wundervollen Pobacken. Ihre 10 Zehennägel waren ebenso rot lackiert wie ihre 10 Fingernägel. Ich stand da mit offenem Mund und glotzte sie männlich an. „Ist was?", fragte sie mich verunsichert. „Nein, ich genieße nur Deine Schönheit", gab der junge Womanizer zurück. Merle lächelte: „Danke". Sie stieg aber nicht weiter auf mein Flirtangebot ein, sondern führte uns runter in den Keller.

Ein paar Knopfdrücke später sprang Merle mit einem astreinen Köpper ins Becken. Ich hinterher. Jenes Becken war stolze 20 m lang und 5,5 m breit. „Hast Du Lust auf ein Wettschwimmen?", fragte sie mich. „Warum nicht", grinste ich, „Du wirst aber verlieren." „Nein, Du wirst verlieren, ich bin nämlich sehr schnell." „Ich auch." „Gut, dann schwimmen wir 40 Bahnen gegeneinander. Jeder zählt fair seine Bahnen. Einverstanden?" „Einverstanden."

Ich wollte diese Merle unbedingt schlagen und sah sehr gute Chancen für mich. „Los!", schrie sie und kraulte los. Ich kraulte mit. Die ersten 10 Bahnen waren wir auf Augenhöhe unterwegs. Ich gab Vollgas, doch Merle konnte gut mithalten. Sie war nur eine Körperlänge hinter mir. Langsam wurde mir klar, dass ich etwas schnell angegangen war. Merle zog an mich heran und überholte mich. Nach 20 Bahnen war sie eine Körperlänge vor mir. Ich hielt dagegen, so gut ich konnte, doch nach 30 Bahnen musste ich sie abreißen lassen. Diese Supersportlerin ließ mir keine Chance und kraulte zum Sieg.

Als Merle ihre 40 Bahnen beendet hatte, war ich bei 35 angekommen. Ich brach erschöpft ab und keuchte. Sie zog sich ihre Schwimmbrille hoch und lachte: „Ich habe gewonnen!" „Ja, das hast Du, herzlichen Glückwunsch." „Du hast aber prima mitgehalten, hast Dich echt gut geschlagen", lobte sie mein Können. „Hat aber nicht gereicht gegen Dich, der 2. Platz ist für mich kein guter." Ich war platt und musste mich ausruhen. „Sei stolz auf Dich, Du bist besser als Jean. Der ist echt fit, aber kann nicht so gut gegenhalten wie Du. Wenn ich 40 Bahnen schwimme, schafft er maximal 30 zur selben Zeit. Du hast 35 geschafft, das ist gegen mich echt super. Ich schwimme nämlich seit Jahren im Verein." Das hatte ich nicht gewusst. „Apropos Jean", steuerte ich das Duo-Gespräch weiter, „wie lange kennt Ihr Euch schon?" Merle erzählte mir, dass Jean ihre Jugendliebe und ihr erster fester Freund sei. „Wir sind seit 3 Jahren zusammen, unsere Eltern kennen sich gut, so kam das dann." Aha, eine Zwangsverbindung. Jaja, die Reichen bleiben gerne unter sich. War aber okay, da Jean ja ein intelligenter und gutaussehender Typ war. Er war definitiv nicht zu schlecht für Merle, soweit ich das beurteilen konnte. „Und Du, hast Du eine Freundin in Deutschland?"

„Nein, als ich hierher kam, war ich Single." „Suchst Du hier eine Freundin?" „Nein, ich bleibe ja nur 6,5 Monate. Dann gehe ich wieder zurück. Jetzt sind schon 3 Monate vergangen. Ich müsste sie dann ja zurücklassen, nicht so gut. Daher bleibe ich lieber Single solange." „Und schleppst eine nach der anderen ab", fiel Merle mir ins Wort. „Nicht wahllos eine nach der anderen, aber hier und da eine Hübsche schon", grinste ich zurück. „Hast Du etwas dagegen?"

„Nein, natürlich nicht", schüttelte sie den Kopf. „Aber Du bist manchmal ganz schön laut dabei." „Wobei?" „Na, beim Sex mit denen. Ich höre Dich und die Mädels schon stöhnen, obwohl die Wände im Haus echt dick sind." „Ja, ich höre Dich und Jean auch stöhnen, wenn Ihr es miteinander macht", konterte ich. „Echt jetzt?", schreckte Merle auf. „Ja", erst letzte Woche wieder, am Dienstag, wo er da war, da habe ich zuerst seinen, dann Deinen Orgasmus gehört. Merle wurde kreidebleich und knallrot zugleich.

Ihr war das furchtbar peinlich. „Das ist mir jetzt furchtbar peinlich", gestand sie mir. „Muss es doch gar nicht sein", beruhigte ich sie, „Sex ist doch das Normalste auf der Welt, dafür muss man sich nicht schämen. Alles gut, Kleine." Nahm sie dankbar an. Merle wollte den Abend aber nun schnell beenden, sicherte das Schwimmbecken und verdrückte sich in ihr Luxusreich. Ich schlief gut, nachdem ich mir einen runtergeholt und dabei fest an Merle gedacht hatte. Am nächsten Abend, ich war gerade nach Hause gekommen, klopfte es an meine Tür. Ich aber hatte Besuch mitgebracht: Lola.

Die hübsche 21-Jährige hatte ich zuvor in der Uni kennengelernt und heiß gemacht. Sie sollte mein Mädel der Nacht werden. Ich wimmelte Merle an der Tür ab und erklärte ihr, dass ich Damenbesuch habe. Sie verstand. Mein großes Zimmer hatte sogar ein eigenes Bad mit Dusche und WC, in dem sich Lola gerade befand und frischduschte. „Ich wollte Dich eigentlich fragen, ob wir nochmal gegeneinander schwimmen heute. Du sollst eine Chance auf Revanche haben. Aber ich sehe, Du hast andere Pläne."

„Ja, sorry", flüsterte ich, „ich habe gerade ein hübsches Mädel da, heute geht nicht. Aber morgen Abend schwimme ich gerne wieder gegen Dich." Merle nickte und zog ab. Lola erschien splitterfasernackt und wurde von mir gut gesext. Zuerst blies sie mich steif, dann leckte ich sie bereit, dann stieß ich zu. Lola war eine Lautstöhnerin, ich muss sehr gut gewesen sein. Insgeheim freute ich mich, da ich wusste, dass Merle das hören würde. Lola blieb die Nacht über bei mir. Am nächsten Morgen noch ein gescheiter Frühstücksfick, dann verschwanden wir in die Uni.

Übrigens: Lola war mittellanghaarig, schlank und hatte große Brüste, die schick standen. Ein roter Haarstrich verzierte ihre französische Vagina. Sie war gut, aber nicht mehr als für einen oder ein paar Dates geeignet. Punkt 19 Uhr holte mich Merle klopfend an meiner Zimmertür ab. Ich stand in meiner besten Badehose stramm vor ihr. Sie musterte mich von oben bis unten: „Schick. Siehst gut aus. Und, bist Du bereit, wieder gegen mich zu verlieren?" „Ich werde mein Bestes geben", redete ich mir ihren bevorstehenden Sieg schön.

„Du siehst aber auch klasse aus in dem feurigen Rot", gab ich zurück. „Danke", flötete sie und marschierte los. Merle genau vor mir. Das war Absicht! Sie hatte wieder ihre roten Badeklamotten an. Ihr String zeigte mir ihren nackten Po. Genau vor mir. Besonders die Treppen hinunter gefielen mir sehr. Ihre Pobacken bewegten sich erotisch im Rhythmus. Toll! Ich musste mich beherrschen, keinen Steifen zu bekommen, doch ich bekam ihn. Als wir unten im Keller angekommen waren, drückte er meine enge Badehose weit nach vorne weg.

Ich verdeckte die Delle mit meinem Handtuch. Nachdem Merle den Pool freigelegt hatte, sprang ich sofort hinein. Als sie bei mir war, fragte sie: „Du bist ja wie von der Tarantel gestochen sofort reingesprungen. Kannst es wohl kaum erwarten, gegen mich zu verlieren, wie?" „Das hatte andere Gründe", erklärte ich. „So, welche denn?" „Ich hatte einen mächtig Steifen und brauchte dringend Abkühlung." Merle lachte laut darauf los. „Nicht Dein Ernst, oder?" „Doch", nickte ich.

„Du läufst wie auf dem Modelsteg halbnackt vor mir, in einem sexy Schwimmtanga, und präsentierst mir Deinen zauberhaften Hintern – und dann wunderst Du Dich, dass ich einen Steifen bekomme?" Merle kicherte verlegen, doch widmete sich schnell dem entscheidenden Thema: „40 Bahnen, okay?" Ich nickte. „Los!" Ich schwamm wie ein Europameister, doch Merle wie eine Weltmeisterin. Diesmal hielt ich 20 Bahnen sogar die Führung fest, ehe ich sie abgeben musste. Trotzdem schlug ich mich besser als bei Challenge Nr. 1 und war am Ende nur 3 Bahnen hinter ihr.

„Hut ab, Du hast Dich verbessert", lobte mich die Blondine. Ich keuchte „Danke, Danke" in Richtung Merle und benötigte Luft. Sie kam zu mir geschwommen. „Und, heute keinen Damenbesuch?" „Naja, ich hatte Dir ja für heute unser Duell versprochen, beides gleichzeitig geht schlecht. Ich habe Deinetwegen auf guten Sex verzichtet." Merle lachte laut. „Jetzt werde ja nicht frech und bagger mich nicht an." „Warum nicht?", baggerte ich zurück. „Weil ich in einer festen Beziehung bin, das weißt Du doch. Und abgesehen davon bin ich keine, die sich so schnell hergibt. Mein Jean musste 6 Monate auf den ersten Sex mit mir warten."

„Ich bin mir sicher, das Warten hat sich gelohnt", grinste ich sie an. Diese Unverschämtheit bestrafte Merle mit einem Tunker. Doch nicht ich landete unter Wasser, sondern sie. Ich war nämlich stärker. Nicht nur stärker, sondern auch größer, schwerer und älter. Ich hatte mehr Kraft in meinem stählernen Männerdynamitkörper als sie. Merle kämpfte, doch sah immer wieder das Wasser von unten. Ja, sie war mittendrin statt nur dabei. Nachdem Merle immer wilder um sich schlug, ließ ich von ihr ab. Merle tauchte auf und spuckte Wasser um sich. Wütend schaute sie mich an, rief „Idiot!" und verließ das Wasser.

Ihre hübschen Pobacken wackelten nervös hin und her. Dann verschwand sie. Hatte ich es übertrieben? Nein, ich hatte mich ja nur gewehrt, ich sah mich im Recht, also alles okay. Zur Strafe organisierte ich mir für die nächsten Abende hübsche Rendezvous. Merle bekam sie alle mit: Louise, Jade und Inès. Diese 3 Sweeties vernaschte ich an den nächsten 6 Abenden und Nächten. Merle sollte schon sehen, was ihr beleidigtes und ungerechtes Getue anrichten kann. Sie muss ihr Fehlverhalten auf jeden Fall bereut haben, denn sie suchte wieder Kontakt zu mir.

Zwar erst nach 3 funkstillen Tagen, aber immerhin. Ich musste sie jedoch jedes Mal aufgrund von Damenbesuch abweisen. Ihre dritte Abweisung verkraftete Merle nicht: „Dann versprich mir, dass Du morgen wieder Zeit für mich hast!" „Dass Du mich dann wieder als Idiot beschimpfst?", stellte ich klar. Merle wollte argumentieren, doch meine aktuelle Sexpartnerin hatte gerade fertig frisch geduscht, ich musste ran. So bat ich Merle um 24 Stunden und hatte erst mal meinen Spaß. Von den 3 Girls war Inès die beste. Louise war sehr hübsch, aber leider schlecht im Bett.

Jade war gut im Bett, aber eine Dunkelhäutige. Inès hätte meine erste französische Freundin werden können, doch sie wollte nur Spaß haben. Alright. Den hatte sie. Ich aber auch. 1 Woche nach dem Eklat bei den Tauchspielen holte mich Merle an meiner Zimmertür ab. Diesmal im geschlossenen Bademantel. Wortlos führte sie mich hinunter in den Keller. Ich folgte ihr ebenso wortlos. Unten fragte ich sie: „Ist Dir kalt?" „Nein, aber ich will nicht, dass Du wieder einen Ständer bekommst, wenn Du hinter mir her dackelst und meinen Po bestaunst."

„Du könntest ja ein normales Schwimmhöschen anziehen, das mehr Po bedeckt." „Was ich anziehe, ist meine Sache", schnupfte sie schnippisch in die Luft. „Und wenn ich einen Ständer bekomme, ist das meine Sache", schnupfte ich ebenso schnippisch in die Luft. „Und, hast Du einen Steifen?" „Was geht es Dich an?" „Dann halt nicht", stöhnte Merle. „Mach Dich bereit, zu verlieren. Heute ziehe ich Dich richtig ab. Bisher habe ich nur mit Dir gespielt, heute wird gedemütigt." Ich streckte mich und sah aus dem Augenwinkel erneut ihre sexy, roten Teile. Schon war sie im Wasser, ich hinterher.

„Bereit? Los!", startete sie die Olympic Keller Games. Merle legte los wie die Feuerwehr. Unglaublich, welches Tempo sie ging! Schon nach 10 Bahnen war sie 2 Bahnen vorne. Dieses Tempo konnte sie unmöglich durchhalten. Ich blieb ruhig und schwamm meinen flotten Rhythmus weiter. Langsam kam ich heran. Überholte sie, dann waren wir nach 25 Bahnen wieder auf Augenhöhe unterwegs. Auch nach 30 Bahnen waren wir Kopf an Kopf. Nach 35 Bahnen führte sie um eine halbe. Ich gab alles. Doch leider klopfte sie kurz vor mir ab.

„40!", jubelte sie. „40", stöhnte ich, etwa 5 Sekunden nach ihr. „Verdammt, Du warst echt gut heute", lobte sie mich. „Du lässt mir auch keine andere Wahl bei diesem verdammten Tempo, das Du vorgibst", ächzte ich mit letzter Kraft. Puh. Ich schloss meine Augen und konzentrierte mich aufs Atmen. Diesen Moment nutzte Merle schamlos aus und tunkte mich. Ich war unter Wasser. Sie hatte mich unfairerweise von hinten gegriffen und in einem Moment meiner Schwäche runtergedrückt. Doch wer zuletzt tunkt, der tunkt am besten:

Ich fand meine Bärenkräfte sofort wieder und drehte den Spieß um. Nun war es wieder Merle, die dem Beckenboden nahe kam. Sie kämpfte wie ein Bär, doch ich wie ein Bison. Ich war stärker. Nach Minuten ließ ich freiwillig von ihr ab. Merle schlug wieder um sich. Sie hatte zwar den Kampf gewonnen, aber die Schlacht verloren. „Sorry", stammelte ich, „aber Du hast angefangen. Das weißt Du auch." Wortlos stieg sie aus dem Becken und setzte sich auf die Bank. Trocknete ihre Haare und band sich einen Handtuch-Turban. Dann schaute sie mich tief an: „War ein super Rennen, danke!" Und ging.

14

Ich verstand diese junge Frau einfach nicht: Was wollte sie von mir?! Freundschaft? Wettbewerb? Flirt? Sex? Liebe? Ich konnte Merle einfach nicht durchschauen. Ich trocknete mich ab und watschelte hoch zu meinem Zimmer. Als ich an ihrem vorbeikam, entdeckte ich, dass ihre Tür ein wenig, einen Spalt breit geöffnet war. Ich konnte nicht anders als checken. Was sah ich: eine nackte Merle! Merle stand vor ihrem Bett und cremte ihren nackten, frisch geduschten Körper ein. Sie präsentierte mir ihre Kehrseite. Ich blieb stumm und wortlos und schaute nur zu. Ihr Rücken war schön und jung, ihr Po zeigte sich mir in seiner ganzen Schönheit.

Der perfekte Frauenpo! Ihre Beine standen da wie eine Göttin. Ich hechelte in mich hinein. Da, plötzlich warf sie ihren Kopf über die Schulter und blickte mich an. Erwischt! Mist! Was nun?! Ich wollte mich weg, um die Ecke schleichen, doch Merle rief mich zurück: „Hey, bleib da! Komm sofort her! Los, rein!" Ich musste gehorchen. Mit gesenktem Haupt betrat ich in Badehose ihr großes Zimmer. Sie hatte sich derweil ihren Bademantel drübergezogen und diesen fest verschnürt. „So ist das also, Du bist ein Spanner", ging sie mich dominant an.

„Naja, man könnte aber auch sagen, dass Du es bewusst provoziert hast, dass ich Dich hier und jetzt so sehe. Schließlich hast Du Deine Tür offen gelassen." „Ha!", schoss Merle zurück. „Und dann noch frech werden, das habe ich ja gern." „Wenn ich Jean erzähle, dass Du mich beobachtest, wie ich mich nackt eincreme, dann bringt er Dich um." „Aber wenn ich ihm erzähle, dass Du mit einem String vor mir herläufst, der Deinen ganzen Po zeigt, dann liegen wir zusammen im Franzgrab", war mein lässiger Konter.

Der traf. Nun wussten wir beide nicht mehr weiter Sie sagte etwas, ich konterte. Sie konterte. Ich konterte. Kontern konnten wir beide sehr gut. Irgendwann wurde es mir zu bunt und ich wollte gehen. „Warte! Wenn Du schon mal da bist, dann kannst Du mir auch den Rücken eincremen, da komme ich so schlecht ran." „Pah, ich bin doch nicht blöd! Wenn ich das tue, Merle, dann erpresst Du mich damit wieder, nach dem Motto: Ich erzähle dem Jean, dass Du mir den Rücken eingecremt hast. Nein, da mache ich nicht mit.

Ciao!", sprach ich höflich und ging in mein Zimmer und Bett. Der nächste Abend gehörte wieder Inès. Merle bekam das mit und war ärgerlich. Schließlich sah sie ihren Jean jetzt schon 14 Tage nicht; er musste viel lernen für die nächsten Prüfungen, und beide beschlossen daher eine angemessene Sehensauszeit. Jeans Notenschnitt von 1,2 durfte sich ja nicht verschlechtern. An diesem Abend war ich besonders geil. Ich kam 3 Mal. Das erste Mal nach einem Blowjob von Inès, das zweite Mal in ihr, das dritte Mal als Abschluss eines Handjobs. Inès kam auch 3 Mal. Hintereinander als Ergebnis meiner Zungenarbeit.

Glücklich schlief ich mit ihr im Arm ein. Am nächsten Tag, als ich nach Hause kam, bestand Merle auf ein erneutes Wettschwimmen. Ich nahm an. Merle präsentierte mir bewusst wieder ihren unverschämt sexy Bikini mit dem halben Höschen. Ich nahm mich zusammen, nicht sofort einen Steifen zu entwickeln. Das Wettschwimmen war eine klare Angelegenheit: Merle besiegte mich um 4 Bahnen. „Na, Du hast Dich gestern Nacht wohl ausgepowert, was?", provozierte sie mich. „Wie meinst Du? Ach so, ja, wahrscheinlich", nickte ich.

„Also ich friere jetzt. Ich gehe noch eine Runde in die Sauna. Kommst Du mit?" Ein reizvolles Angebot, das ich leider ablehnen musste: „Nein, lieber nicht, sonst verwendest Du es gegen mich, nach dem Motto: Ich erzähle Jean, dass Du Dich einfach nackt zu mir in die Sauna gesetzt hast, obwohl ich das nicht wollte. Nein, ist mir zu riskant." Mit diesen Worten ließ ich Merle stehen. Sie aber lief mir hinterher. „Hey, jetzt sei doch nicht so nachtragend! Bleib stehen, wenn ich mit Dir rede!"

Tat ich. Merle versprach mir hoch und heilig, einen gemeinsamen Saunagang definitiv nicht gegen mich zu verwenden. Schließlich gab ich nach. Aber als sie ihren Bikini ausziehen wollte, bremste ich sie ein: „Lass an. Wir beide lassen die Badeklamotten an, es ist besser so." Mürrig schnürte sie wieder zu und ging mit mir in die Sauna. Diese heizte echt schnell. Kuschelig warm wurde es dort drinnen. Wir saßen uns schräg gegenüber, 1 m voneinander entfernt. Es wurde heiß. Mir wurde heiß. Eine heiße Situation war es allemal, doch ich bewahrte einen kühlen Kopf. „Warum wolltest Du nicht nackt?", fragte sie mich schließlich.

„Weil Du in einer Beziehung bist, Merle. Du gehörst Jean. Das respektiere ich." „Würde es Jean nicht geben, was wäre dann?" „Dann säßen wir gerade nicht angekleidet in der Sauna, sondern würden nackt zusammen etwas anderes machen, wenn es nach mir ginge." Merle lachte laut. Das gefiel mir so an ihr, sie hatte ein bezauberndes Lachen. Dann: „Sorry, ich kann nicht bekleidet in der Sauna hocken, das geht nicht", sagte sie plötzlich und zog sich ihre Badekleidung innerhalb von 3,50 Sekunden aus. „Man geht nackt saunieren, das war schon immer so und wird auch immer so sein."

Recht hatte sie ja. Und ja, mir gefiel es natürlich ungemein, Merle nackt zu sehen. Ich konnte nicht anders, als sie anzustarren. Von oben nach unten und zurück wanderten meine neugierigen Blicke. Sie beobachtete mich dabei. „Und, gefalle ich Dir?" „Blöde Frage, das weißt Du ganz genau, Merle", antwortete ich immer noch schockiert. Merle sah umwerfend aus: Sie hatte tolle Brüste, interessierte Nippel, einen trainierten, flachen Bauch mit Herz-Piercing. Schamhaare sah ich keine, so sexy Beine. „Komm schon, mach Dich auch frei. Wenn ich hier nackt sitze, kannst Du das auch.

Ich schaue Dir schon nichts weg, ich habe schließlich einen Freund, nicht wahr?", köderte sie mich. Na gut, na schön. Ich zog meine Hose aus und versuchte zu entspannen. Doch an Entspannung war hier nicht zu denken. Merle musterte mich von oben bis unten. Sehr interessiert, sehr neugierig begutachtete sie jeden Zentimeter meines schönen, trainierten, sportlichen, männlichen Körpers. Ich gefiel ihr, das wusste ich mittlerweile. Es kam, wie es kommen musste: ich bekam einen Steifen.

Kein Wunder, wenn man nackt mit der bildhübschen Merle verbotenerweise zusammen in der Sauna sitzt. Und ja, es hatte sich eine mächtige sexuelle Spannung in unserem Verhältnis zueinander aufgebaut. Ich spürte, wie mein Joystick von Sekunde zu Sekunde und von Minute zu Minute härter und steifer wurde, er wuchs und wuchs, bis er als eine Eins mit Stern stand. Merle genoss diesen Vorgang, sie sah genau hin und lächelte. Sie wusste, dass ich sowas von geil auf sie war. Sie spielte mit mir. Langsam wurde es mir doch peinlich: „Tut mir leid für den Ständer, ich muss mich dringend abkühlen."

Sagte ich und wollte die Sauna-Schwitzbude verlassen, doch Merle hielt mich zurück. „Bleib hier!", kommandierte sie mich in einem harschen Ton dazu, sitzen zu bleiben. Ich gehorchte eingeschüchtert. Wortlos saßen wir da, uns gegenüber. Immer wieder schaute sie mich direkt an, ich dann immer weg. So ging das, bis etwas Krasses passierte: ich kam. Urplötzlich. Handlos. Berührungslos. Es war einfach die hitzige Situation, dieser wunderschöne, nackte Körper Merles bei mir, ihr Spiel mit mir, der intensive Flirt und das „Was wäre, wenn …". All das war zu viel für mich. Bevor ich reagieren konnte, zuckte mein Penis auf und schoss seine erste Samenladung heraus. Und die zweite folgte sogleich.

Mir war das mächtigst peinlich und ich hielt mir meine Hände vor die Lanze. Die weiteren Spermaladungen fing ich somit geschickt ein und verwehrte Merle gleichzeitig den Blick auf die Fortsetzung. Merle hatte sich bei meinem ersten Spritzer tüchtig erschrocken, er flog weit und landete auf dem Saunafenster. „Hey!", hatte sie geschrien. Beim zweiten Schuss „Wow!". Auch dieser putzte das Fenster dreckig. Danach starrte sie mich nur noch an. „Tut mir wahnsinnig leid, Merle, ich weiß nicht, wie das passieren konnte."

Sweet Merle atmete tief durch, dann: „Musste das wirklich sein jetzt? Stell Dir vor, ich erzähle das meinem Freund, dass wir zusammen in der Sauna sitzen und Du einfach so abspritzt." Das war gemein. Ich stand wortlos auf und verließ die Sauna. Packte mein Zeugs und verschwand in meinem Zimmer, das ich zweifach abschloss. Merles Klopfen ignorierte ich, auch ihre Rufe. Ich legte mich wütend hin, packte mir Musik in die Ohren und versuchte, das Geschehene sofort zu verarbeiten. Gelang mir nicht gut. Die nächsten Tage ging ich Merle bewusst aus dem Weg.

Mittlerweile waren auch ihre Eltern wieder zurück, und vor denen wollte sie sicher nicht mit mir zusammen erneut die Sauna zelebrieren, schließlich war sie ja verbunden mit und versprochen dem Jean. Ihre Eltern würden sie wohl für einen Seitensprung dieser Art enterben. Also konzentrierte ich mich auf mich und meinen Spaß. Daniella war die nächste Studentin, die mir gehörte.

4 Nächte am Stück schlief sie bei mir und ließ sich gut ficken. Da sie aber keine Blowjobs geben wollte, hatte ich nach genau 4 Abenden genug von ihr. Merle bekam diese neue Affäre natürlich mit und kochte vor Wut, dass ich sie derartig ignorierte und gleichzeitig meine Freizeit lieber mit anderen Frauen verbrachte. Eines alleinigen Abends klopfte sie laut bei mir. Na gut, ich öffnete. Merle kam sofort herein und schloss die Tür hinter sich. „Wir müssen reden." „Ja, was gibt es denn?", stellte ich mich dumm. „Warum ignorierst Du mich seit der Sauna?" „Weil Du mich zuerst dazu verführt hast, mit Dir in die Sauna zu gehen, dann mich Dir nackt zu zeigen, und dann drohst Du mir wieder damit, alles Jean zu erzählen.

Das hatten wir schon mal. Das ist unfair, gemein und fies! Einfach bösartig. Das tut mir nicht gut, so lasse ich mich nicht behandeln. Ich weiß, dass ich keine Chance bei Dir habe, wegen Jean. Und trotzdem verbringst Du gerne Zeit mit mir, streite das ja nicht ab. Auch Deine provokanten Spiele und Anmachen nehme ich sehr wohl wahr. Also tue nicht so scheinheilig, sonst erzähle ich dem Jean von Deinem Fehlverhalten. Der würde sofort Schluss mit Dir machen. Reiß Dich zusammen und behandle mich fair, ja?"

Merle blieb still und schaute. „Jetzt mal Butter bei die Fische: Du weißt, ich stehe auf Dich. Gleichzeitig hast Du einen Freund und sagst mir deutlich, dass zwischen uns beiden nichts laufen wird. Trotzdem interessierst Du Dich für mich. Lässt mich aber dann nicht ran. Spielst aber mit meinen Gefühlen. So geht das nicht weiter. Ich respektiere Deine Beziehung zu Jean, ich grätsche da nicht rein und bedränge Dich nicht, ich akzeptiere Deine Grenzen.

Bitte schätze das wert. Sonst werde ich den Kontakt zu Dir nur noch auf ein Minimum reduzieren." Merle kämpfte mit den Tränen. „Meinst Du das ernst?" „So ernst wie Kloßbrühe." „Können wir denn nicht so weitermachen wie bisher? Ich genieße die gemeinsame Zeit mit Dir sehr." „Von meiner Seite aus sehr gern, aber dann musst Du Jean rauslassen genauso wie die Drohungen, die Du mir gegenüber ausstößt, wenn etwas nicht genauso läuft, wie Du es gerade gerne hättest. Das funktioniert nicht mit mir.

Ich verbringe auch sehr gerne Zeit mit Dir. Du weißt, ich stehe auf Dich und hätte so gerne mehr von Dir, aber nutze das bitte nicht aus mit blöden Sprüchen wie letztens in der Sauna. Das hat mir sehr wehgetan. Ich war in diesem Moment verletzlich und Du hast das ausgenutzt." „Sorry", reichte mir die hübsche, aber schuldige Blondine ihre zarte Hand. „Na gut", schlug ich ein. Merle umarmte mich eng. Sehr eng. So eng wie noch nie. Anders als sonst. Ich spürte ihren Atem an meinem Hals. So deutlich wie nie zuvor. Ich spürte ihre schönen Titten an meiner Brust. Auch meinen steif werdenden Dong in der blauen Jeans. Den spürte auch Merle.

Daher ließ Merle mich wohl nicht los, sondern hielt die Umklammerung fest. Ich konnte, wollte mich aber auch nicht lösen. Immer steifer wurde er, während sich die Maus an mir festhielt. Langsam wurde ich unruhig. Merle schien meine Lanze zu gefallen, sie presse ihr Becken noch enger an mich heran. Ich musste diese Schau beenden: „Lass mich bitte mal kurz los, Merle. Ich möchte nicht, dass ich nochmal so unerwartet komme wie letztes Mal in der Sauna." „Warum nicht? Ich fand das süß." „Das kam aber nicht so rüber. Du hast mich lächerlich gemacht danach." „War aber nicht so gemeint." „Kam aber genauso an." „Sorry." „Erledigt."

Dann drückte sie mich wieder fest. Mir wurde das zu heiß: „Merle, bitte, ich möchte nicht schon wieder kommen wegen Dir, und dann noch in meine Unterhose, das muss nicht sein." „Warum nicht?", säuselte sie mir ins Ohr. Ja, warum eigentlich nicht, dachte ich mir in diesem Moment. So blieb ich in der Umklammerung. Merle drückte ihr Becken noch intensiver an meinen Herkules. Und schon wieder passierte es: ich kam! Tatsächlich. Ohne Wichsen, ohne Blasen und ohne Ficken. Diese Schönheit von Merle hatte es wieder geschafft.

Ich stöhnte ihr meinen Orgasmus ins Ohr hinein. Merle hörte gut zu und hielt mich so fest sie konnte. Sie muss in diesem Moment sowas von geil auf mich gewesen sein, aber durfte einfach nicht. Armes Ding. Als ich alle war, ließ ich mich rücklings auf mein Bett fallen. „Du machst mich echt fertig, Merle", atmete ich tief aus und schloss meine Augen. „Weißt Du, ich würde echt gerne mit Dir, Du weißt schon.

Aber ich kann und darf nicht, ich habe schließlich eine feste Beziehung und bin vergeben." „Ich weiß", stöhnte ich, „das mit Jean musst Du nicht immer erwähnen, ich weiß es." Merle kam zu mir, bückte sie runter, küsste mich auf die Backe und verließ mein Zimmer. Ich musste nun die Sauerei in meiner Unterhose bereinigen. Unfassbar viel Sperma war es, das sie mir diesmal entlockt hatte. Meine U-Hose war nass, sehr nass. Und klebrig. Schnell in die Waschmaschine damit! Bevor ich schlafen ging, klopfte Merle nochmal bei mir, um sicherzustellen, dass ich am nächsten Abend wieder ein Wettschwimmen gegen sie veranstalten würde. Ich sagte zu, sie jubelte.

An genau jenem Abend waren Merles Eltern mal wieder außer Haus, gesellschaftliche Verpflichtung nennt man das. Ich war bereit, Merle diesmal den Kampf meines Lebens zu liefern. Erneut im rotzfrechen Rot zeigte sie mir ihren wunderschönen Po, als sie vor mir hinab in den Keller stieg. „Bereit?" „Ja." „Los!" Ich weiß nicht, woher ich die Kraft nahm, aber diesmal gelang mir das Unmögliche: ich besiegte Merle! Schnell war ich in Führung und verteidigte diese bis zum Ende. Am Schluss war es 1 Bahn Vorsprung, die mir den Pokal sicherte.

Merle konnte es nicht fassen: „Unglaublich, da hast Du mich heute besiegt. Das hätte ich niemals für möglich gehalten. Glückwunsch!" Ich ließ mich feiern. „Sauna?", schlug sie vor. „Sauna", bestätigte ich. Diesmal entkleidete sich Merle genau vor mir und stieg nackt in die Holzhütte im Haus. Ich ebenso. Da saßen wir nun wieder nackt und schauten uns an. Ruhe. Beide überlegten. Schließlich startete ich das Gespräch: „Jetzt weiß Du schon verdammt viel über mich und meine Sexualität. Ich aber weiß wenig über Dich und Deine Sexualität.

Magst Du mir ein wenig darüber erzählen? Fair fände ich das schon." „Was willst Du denn wissen?" „Naja, Du hast in den letzten Monaten viele Mädels gesehen, die ich hatte, Du hast meinen steifen Penis gesehen und wie ich zweimal gekommen bin. Das ist schon ein ordentliches Ungleichgewicht. Erzähl mir über Deine sexuellen Vorlieben und Wünsche, wann Du damit angefangen hast, über Deine tollsten Sex-Erlebnisse. Erzähle einfach, was Du magst, ich höre gerne zu." „Also, mein erstes Mal hatte ich mit 17. Mit Jean.

21

Davor hatte ich mit 3 Typen geknutscht und ein bisschen Petting gemacht." „Was genau gemacht?", wollte ich wissen. „Na, denen einen runtergeholt." „Aber doch nicht allen 3 gleichzeitig, oder?", kicherte ich mit einer klassischen The Rock-Augenbraue. „Nein", lachte Merle, „natürlich nicht. Der Erste hieß Eric, der Zweite Jacques, der Dritte war Raymond. Alle 3 Jungs kannte ich aus der Schule, sie waren älter als ich. Meine Eltern wissen nichts von denen, sie glauben, Jean war der Erste." „Und willst Du Jean mal heiraten?" „Ja, ich denke schon, so ist es bestimmt. Er wird es wohl bleiben."

„Bist Du glücklich mit ihm? „Ja." „Absolut glücklich?" „Hm … ja, denke schon." Merle zögerte. „Was ist los?" „Naja, ich kann das ja nicht beurteilen, da ich vor ihm keine andere Partnerschaft hatte, aber wir planen die Zukunft zusammen und haben uns Treue geschworen." „Kleiner Tipp von mir: Höre immer auf Dein Herz", gab ich ihr mit. „Und der Sex mit Jean, ist der gut? Macht er Dich glücklich?" „Ja, der Sex mit Jean ist schön." „Was machst Ihr besonders gerne?" „Er liebt es, wenn ich auf ihm reite.

Ich würde auch gerne mal andere Positionen ausprobieren, aber er ist da sehr eingefahren. Hin und wieder liegt er auf mir oder nimmt mich von hinten, aber fast immer möchte er, dass ich auf ihm reite. Das ist auch schön. Ich mache das gern." „Und sonst?" „Sonst blase ich ihm einen. Aber nie zu Ende, habe ich noch nie gemacht, sondern nur steif. Was mir allerdings fehlt, sind meine Orgasmen. Ich komme beim Sex mit ihm nie zu meinem Höhepunkt, dabei würde ich das so gerne." „Wenn er gekommen ist, macht er dann nicht mit Hand oder Mund bei Dir weiter, bis auch Du gekommen bist?"

„Nein." „Warum nicht?" „Weil er nach seinem Orgasmus schnell müde wird." „Schade." „Ja, schade. Bist Du genauso wie er?" „Nein, ich bin genau das Gegenteil: Für mich ist der Orgasmus der Frau wichtiger als meiner. Ich möchte, dass sie es rundum genießt, ich möchte sie absolut glücklich machen. Daher schenke ich der Frau meistens 2 bis 3 Orgasmen beim Sex." „Und wie machst Du das?" „Mit meiner magischen Zunge und meinen Zauberfingern", grinste ich. „Ehrlich gesagt, bin ich immer ganz neidisch auf Deine Mädels.

22

Die, die Du mitbringst und mit denen Du Dich hier vergnügst. Ich höre die dann immer laut aufstöhnen und weiß, die erleben gerade das, was ich beim Sex mit Jean nicht bekomme." „Tut mir leid für Dich, Du musst ihm sagen, dass auch Du unbedingt kommen willst." „Das habe ich schon mehrfach, aber es interessiert ihn nicht. Stattdessen hat er mir zum Geburtstag einen Vibrator geschenkt und gemeint, damit könne ich ja kommen." „Nicht nett", murrte ich auf. „Und, nutzt Du ihn?" „Ja, fast jeden Abend. Oder ich mache es mit der Hand. Orgasmen sind einfach wunderschön, sie helfen mir, gut einzuschlafen." Wie geil diese Konversation mit diesem heißen Mädel doch war! Bei all der Aufregung hatte ich gar nicht bemerkt, dass mein Penis längst wieder ein steifer Knüppel war. „Übrigens: Du hast einen echt schönen Penis", überraschte sie mich. „Ich habe ja noch nicht viele live gesehen, aber Deiner ist der Schönste." „Danke", freute ich mich so. „Spritzt Du gleich wieder ab?" Nun ging es ans Eingemachte: „Würde es Dich stören?" „Nein, im Gegenteil. Ich fänd's süß."

„Kann Dir aber nicht versprechen, dass es klappt. Du weißt sicher, dass normalerweise ein Penis Bewegung braucht, um kommen zu können. Ist sowieso ein Wunder, wie ich 2 Mal einfach so kam." „Muss an mir liegen." „Ja, in der Tat", bestätigte ich ihre überaus sinnliche Weiblichkeit. „Mal sehen", flüsterte Merle und öffnete ihre Beine. Ganz langsam tat sie es und hielt dabei intensiven Blickkontakt mit mir. Wie gebannt starrte ich in ihren Schoß. Ihre Beine öffneten sich mehr und mehr und gewährten mir einen Blick in ihr Paradies. Wunderschön war dieses!

Junge, unverbrauchte Schamlippen, so perfekt gestaltet von Mutter Eva und Vater Adam. „Und?", hauchte mir Merle zu. Ich versuchte mich zu beherrschen, doch Merles sexuellen Reize überforderten mich. Ich kam! Ohne Vorwarnung spritzte ich ab. Hoch hinaus. Merle jubelte. Diesmal war es mir nicht mehr peinlich, sondern es passte in die Situation. Daher deckte ich ihn auch nicht mehr ab, sondern ließ es kräftig kommen, solange, bis alles raus war. Erschöpft atmete ich laut aus. Merle strahlte mich glücklich an. Das verbotene Spiel hatte eine neue Ebene erreicht.

„Du machst mich verrückt, Merle, so etwas passiert mir nur bei Dir." Merle freute sich wie ein Honigkuchenpferd. Ich organisierte Putztücher und wischte diese Sauna sauber. „Muss abkühlen", sprang ich in das Wasser. Merle hinterher. Dort schwamm sie auf mich zu und bat mich, sie schwerelos durchs Wasser zu tragen. Meine Hände hielten ihren knackigen Po und ich hatte beste Aussicht auf ihre beiden Brüste. So verdammt schön war sie! Merle. Auch ihre Pussy. Ich genoss es, diese Traumfrau auf meinen Händen zu tragen. „Ist aber schon ein bisschen unfair", unterbrach ich meine Dienstleistung. „Was?"

„Naja, Du hast mich jetzt dreimal kommen gesehen, ich Dich aber noch nie." „Wie stellst Du Dir das vor?", riss sie ihre Augen auf. „Soll ich etwa vor Dir masturbieren? Das geht zu weit, mein Freund." „Jean ist Dein Freund, nicht ich. Leider", antwortete ich. „Ja, warum denn nicht? Ich finde, ich habe das gleiche Recht wie Du." „Vom Prinzip her schon, aber ich kann unmöglich vor Dir masturbieren." „Warum nicht? Schämst Du Dich?" „Nein. Ja. Nein. Äh. Du hast ja auch nicht vor mir masturbiert." „Stimmt, aber Du hast mir bei 3 Orgasmen zugesehen. Ich möchte gerne zumindest 1 Orgasmus von Dir miterleben. Wie Du den Dir machst, ist Deine Sache."

„Nein, keine Chance." „Ist aber unfair, das weißt Du." „Ja, unfair ist es irgendwie schon, aber so ist es." „Schlag mir eine Lösung vor: Wozu bist Du denn bereit?" Merle überlegte. Ich überlegte. Schließlich kam der Womanizer auf eine spannende Idee: „Pass auf, Merle, Du masturbierst einfach im Dunkeln, während ich bei Dir im Zimmer bin. Ich sehe Dich somit nicht, sondern höre Dich nur. Ich berühre Dich nicht. Wäre das vorstellbar für Dich?" Merle dachte nach.

„Ja, damit könnte ich vielleicht leben. Ist ja auch gegenüber Jean kein Fremdgehen, schließlich mache ich es mir selbst. Und Du bist im Dunkeln eigentlich gar nicht da. Ja, das könnte ich verantworten." „Deal!", besiegelte ich diese Idee sofort. 15 Minuten später waren wir ungestört in Merles Schlafzimmer. Sie dunkelte jede Ritze nach außen ab, dann wies sie mir den bequemen Sessel zu, der etwa 4 m entfernt vom Bett stand. Es wurde stockfinster. „Versprich mir bitte, diese Situation nicht auszunutzen.

Ich lasse mich fallen, ich muss Dir vertrauen." „Du kannst mir absolut vertrauen, Süße", hallte ich durch das Dunkel zurück. „Okay, danke." Dann wurde es mucksmäuschenstill. Ich starrte ins Nichts. Da! Plötzlich hörte ich Merle tiefer atmen. Sie muss damit begonnen haben, dachte ich mir glückselig. Einen vibrierenden Vibrator hörte ich nicht summen. Auch nicht stoßen. Sie musste es sich mit ihren Händen und Fingern machen. Geil! Ihre Masturbation nahm Fahrt auf. Immer intensiver hörte ich die Kleine atmen und stöhnen. Ich bin sicher, sie dachte dabei fest an mich, nicht an ihren Jean.

Ich wollte so gerne selbst Hand anlegen, sowohl bei ihr als auch bei mir. Mein Penis war steifer als steif und ertrug diese Selbstliebelei kaum noch. Aber ich hatte ihr ja versprochen, keinen Blödsinn zu machen, daran hielt ich mich auch. Kurze Zeit später fand Merle ihren Höhepunkt. Sie kam. Im Rhythmus stieß sie sanfte, leise Schreie aus, ihre Stimme war mal hoch, mal tief. Sexy! Dann schnaufte sie aus. Aber nur, um erneut durchzustarten. Sie machte es sich ein zweites Mal, das Luder! Ich wäre fast erneut ohne manuelle Stimulation eskaliert, doch Merle kam mir zuvor.

Ihr zweiter Orgasmus war lauter als der erste und beendete diese Zeremonie. Ich verhielt mich weiter still. Nach ein paar Minuten Ausschnaufen drückte sie den Lichtschalter an. Glücklich, aber auch zerzaust blickte sie mich an. Nackt. Schön. Sexy. Erfüllt. Merle hatte es sich tatsächlich selbst besorgt. Vor mir. Ganz in meiner Nähe. Ich war so stolz auf sie! So ging das weiter mit uns: Wir verhielten uns als Paar, obwohl wir keines waren. Wir liebten uns, obwohl dies nicht ging. Wir hatten verbotene Momente, die nicht ganz verboten waren.

Wir hätten so gerne echten Sex miteinander gehabt, hatten ihn aber nicht. Es war eine äußerst merkwürdige Situation und Zeit. Da ich weiterhin diverse Bettgespielinnen hatte, war ich sexuell versorgt und glücklich. Zusätzlich erlebte ich tolle Momente mit Merle: nackt in der Sauna. Ich kam noch ein paar Mal, obwohl sie mich nur ansah. Ich durfte ihr beim Masturbieren zuhören, sie mir ebenso. Manchmal masturbierten wir zusammen, aber eben getrennt in ihrem Zimmer. Nie durfte ich sie anfassen, nie lutschte sie mir meine Salami.

Merles Prinzipien waren stärker als ihre Lust. Hut ab! Ich hatte mich damit abgefunden, Merle nicht mehr knacken zu können, doch unsere softerotischen Spiele waren nicht ohne und schenkten mir immer wieder geile und unvergessliche Momente. Meine Zeit in Paris lief leider dem Ende entgegen. Zum einen war ich traurig, Merle verlassen zu müssen, zum anderen freute ich mich wieder auf München, auf meine Freundinnen und Freunde, auf meine Familie und Bekannten, auf meine Uni und die vielen hübschen bayerischen Mädels, die ich und die mich beglücken durften. Auch Merle war die Traurigkeit über meinen baldigen Abschied anzumerken. Nur noch 14 Tage!

Merle schlug vor, nebeneinander im Dunkeln zu masturbieren. Seite an Seite. Ich willigte ein. In ihrem herrlichen, gemütlichen Wasserbett ging es im Finstern los. Ohne Körperberührung, trotzdem sehr eng lagen wir aneinander und masturbierten uns selbst. Merle nutzte diesmal ihren Vibrator. Als ich meinen Orgasmus kommen spürte, zögerte ich. Nachdem Merle zweimal gekommen war, gab ich mir den letzten Ruck. Ganz bewusst hielt ich meine steife Palme dabei etwas nach links, sodass mein Sperma sie treffen musste.

Tat es auch. Während ich stöhnte, hörte ich ein „Hey!", dann ein genussvolles „Ja!", dann ein „Wow!". Wie viel Samen sie abbekommen hatte, sah ich, als sie das Licht anknipste. Ihre Titten waren voll von mir. Auch ihr Bauch. Ebenso ihr Arm. Ich strahlte. Sie Gott sei Dank auch. Puh. Dieses geniale Spiel wiederholten wir die Folgeabende, bis die letzte Nacht kam. Am Abend aßen wir alle zusammen. Ich dankte Claude und Isabelle für ihre sensationelle Gastfreundschaft. Sie meinten, ich sei jederzeit wieder willkommen bei ihnen. Danke!

Merle war den ganzen Abend seltsam drauf, sie schien etwas zu beschäftigen. Als wir beide hoch in unsere Zimmer zum Schlafen gingen, zog mich Merle in ihres. „Bitte schlaf mit mir!", flehte sie mich an. „Wie bitte?" „Bitte schlaf mit mir!", wiederholte sie. Diese Einladung war zu schön, um wirklich wahr zu sein. Ich konnte sie nicht annehmen. „Merle, wir kennen uns 6,5 Monate. Das hättest Du früher haben können, jetzt am allerletzten Tag halte ich das für keine gute Idee." „Warum nicht?", heulte sie mich an.

„Weil Du 6,5 Monate lang Deinen ehrlobbaren Prinzipien treu geblieben bist. Die willst Du doch nicht in letzter Sekunde brechen, oder?" „Ist mir egal, aber bitte schlaf mit mir!" Ich blieb hart, ich musste hart bleiben: „Nein, Merle, das kann ich nicht verantworten. Das kann alles ruinieren. Unsere Beziehung, Deine Partnerschaft mit Jean, Dich. Wir müssen vernünftig bleiben, so schwer mir das auch fällt." Merle begann zu heulen wie ein Wasserfall. Ich nahm sie in meinen Arm und tröstete sie. Mein Ding Dong wurde sofort steif, als ich sie spürte. „Spürst Du ihn, Merle? Spürst Du, wie geil ich auf Dich bin?

Ich würde sofort mit Dir schlafen. Ich wollte Dich von Anfang an. Aber diese eine Nacht könnte alles verändern, das sollten wir nicht riskieren." Merle musste verstehen. Sie musste es akzeptieren. „Dann schlafe wenigstens die Nacht bei mir im Bett und nimm mich fest in Deinen Arm." Auch das sollten wir nicht tun, Merle, das weißt Du." „Wenigstens gemeinsam masturbieren, zum letzten Mal, bitte." Diesen Wunsch konnte ich ihr erfüllen. Dankbar knipste sie das Licht ab und wir legten los. In Gedanken masturbierten wir uns gegenseitig, in Wirklichkeit jeder sich selbst. Merle kam.

Sie tat es diesmal per Hand und erlebte einen schnellen, aber intensiven Orgasmus. Kurz darauf einen zweiten. Nun kam ich. Wieder wollte ich sie vollspritzen. Tat ich auch. Es waren heftige Samenschüsse mit tollen Gefühlen dazu. Erst recht, als ich plötzlich Merles Hand an meiner Hand spürte, die meinen Dick steuerte. Sie berührte meine Latte nicht, meine Hand aber durfte sie. So konnte ich es zulassen, dass sie schön mit- und auswichste. Licht an. Merle voll von meinem Sperma. Diesmal hatte sie sogar etwas ins Gesicht bekommen.

Ich wischte es ihr weg, alles andere auch. Licht wieder aus. Im Dunkeln lagen wir nackt nebeneinander, jeder für sich, und zogen Resümee: über die letzten 6,5 Monate, über unsere Freundschaft, über unsere Beziehung, über unsere gemeinsamen Erlebnisse, über unsere getrennten Zukunftswege und -pläne. „Wenn es Jean nicht gäbe, wäre ich überglücklich, Deine Freundin zu sein. Du bist neben Jean der tollste Mann, den ich kenne." „Wenn es Jean nicht gäbe, wärst Du längst meine Freundin. Du bist die tollste Frau, die ich kenne."

Come & Back

Die großen Sommerferien standen an. Meine Kids hatten natürlich schulfrei. John Paul und Anna Lina freuten sich wie Bolle, und wir als Familie planten einen schönen Familyurlaub. Andrea arbeitete mittlerweile 50 Prozent für meine Firma und konnte vieles vom Home-Office aus erledigen. Wir wollten das schöne, aber teure Kanada besuchen, doch das schöne, noch teurere Grönland war besser. Wir hatten ein traumhaftes Haus entdeckt und für 14 Tage gebucht. Doch wie es der Teufel so wollte, passierte Unerwartetes:

Unser Buchhalter duftete ab. Genauer: Er flog. Ich warf den Lump im hohen Bogen raus, nachdem ich einige sehr seltsame Vorgänge festgestellt und genauer geprüft hatte. Hier ging es um sechsstellige Beträge, die nicht stimmten. Auch um Geld, das verschwunden war. Und das 2 Tage vor unserem Reisestart. Ich tat mich unglaublich schwer damit, meiner Andrea Bescheid zu geben, würde dies ja bedeuten, dass ich nicht mitkommen könne. Schließlich bin ich ja der Firmenchef und muss für alles geradestehen.

Und die nächste Buch- und Wirtschaftsprüfung würde keine Gnade kennen. Ich musste das Chaos entchaossen und die gemachten Fehler wieder zurechtrücken. War es vielleicht sogar böse Absicht gewesen? Rache, weil ich seine hübsche Freundin Dunja unter 4 Augen in einem Hotelzimmer erobert und gefickt hatte. Dummheit? Nichtwissen? Dafür war Klausi viel zu klug. Ich musste es herausfinden und mich mit meinen besten Steuerexperten an einen Tisch setzen. So kam es dann, wie es kommen musste: Andrea flog mit den Kids allein in Urlaub.

Ich war todtraurig, dass ich nicht mitkonnte, doch hier stand immerhin meine und damit unser aller Existenz auf dem Spiel. Eine Anzeige oder eine Insolvenz konnte ich mir nicht leisten, dafür war unser Lebensstil einfach zu hoch und die Firma zu wertvoll. Ich schwitzte und ackerte, meetete und meetete, um die Leichen im Keller zu finden bzw. wenn diese sich nicht mehr beseitigen ließen, diese so gut zu verscharren, dass sie keiner entdecken konnte.

Ich schwitzte Blut und Wasser. Jeden Abend skypte ich mit den meinen. Ihnen ging es gut und sie genossen – wenn auch ohne ihr Familienoberhaupt – ihren von mir bezahlten Urlaub. Normalerweise nutze ich meine Verlassenentage für neue Abenteuer und Stechereien, aber diesmal war mir nicht der Brummschädel danach. 14 Tage später, als Andrea und die Kids zurückkamen, saß ich immer noch an der Problemlösung. Ich hatte die 14 Tage durchgearbeitet, ohne Pause, war entsprechend gereizt und bedient. Weitere 8 Wochen vergingen, ehe ich endlich wieder gut schlafen konnte. Ich konnte Klausi Betrug nachweisen, eine absichtliche Manipulation zu seinen Gunsten und gegen die Firma. Warum er das getan hatte – keine Ahnung.

Würde sich vor Gericht klären, denn die Anzeige setzte ich persönlich ab. Meine Zahlen stimmten wieder, die Firma war gerettet und sicher. Gott sei Thanks! Ich atmete tief durch und war urlaubsreif. Die Kinder hatten wieder Schule, Andrea arbeitete wieder. „Schatz, dann mach Du doch 2 Wochen Urlaub für Dich. Hole das nach, was wir bereits hatten. Gönn Dir etwas Schönes."

An diesem Gedanken war was dran. Ich überlegte, wohin es mich hinzog. Ich wollte natürlich Sexuelles erleben, frei sein wie ein Vogel, vögeln wie ein Kaiser, speisen wie ein Hungriger, lachen wie ein Witz, Sport treiben wie Klinsi und der Hahn im Gackergehege sein. Und hier kommt Thierry ins Spiel. Mein alter Robinson-Kumpel rief mich unerwartet an. Mit Thierry hatte ich in Soma Bay zusammengearbeitet. Er war damals Food & Beverage Manager gewesen und hatte dann Robinson-Karriere bis hin zum Clubchef gemacht.

Bis heute weiß Thierry nicht, dass ich damals seine Ines gefickt habe. Thierry und ich sind bis heute gute Freunde, wir mögen und schätzen uns. Ich habe mit meiner Company auch schon Image-Videos für ihn und seinen Club gedreht. Robinson wird immer einen besonderen Platz in meinem Herzen haben. Thierry war mittlerweile Clubchef in Germany. „Komm doch vorbei, lass am Fleesensee deine Seele und den Rest baumeln", schlug Thierry vor. Klang gut, fand ich. Aber ich hatte eine ganz spezielle Idee dazu: Wie wäre es, noch einmal das Robins-T-Shirt überzustreifen?

Als mittlerweile 45-Jähriger. Na und? Machen andere auch. Es gibt auch 60- oder 70-jährige Robins. Und das sind Legenden und die beliebtesten von allen. Warum nicht? „Arbeiten statt Urlaub machen? Das hast Du doch gar nicht nötig", antwortete meine Andrea, nachdem ich ihr die Idee vorgetragen hatte. Ich aber erklärte ihr, dass ich gerne meinen alten Kumpel Thierry unterstützen würde, dem das Personal gerade sehr knapp war. Außerdem käme ich auf meinen täglichen Sport und mir würde nicht langweilig. Andrea verstand und genehmigte es mir. Ich informierte Thierry, der erst laut loslachte, die Idee aber irgendwie „geil" fand.

So checkte ich paar Tage später für meinen „Arbeitsurlaub" im Fleesensee ein. Ich freute mich riesig, Thierry wiederzusehen. Die Umarmung fiel lang und freundschaftlich aus. „Du siehst gut aus, altes Haus." „Du auch, Blondie", antwortete ich. Ich bekam ein schickes Luxuszimmer von Thierry gestellt. Auf Gage für meine Arbeit verzichtete ich, hatte ich nicht nötig. Das geplante Honorar verwandelte ich in eine Spende fürs Sports- & Entertainment-Team, zu dem ich ab sofort 14 Tage und Nächte gehörte.

Beim 9-Uhr-Meeting stellte mich Thierry den Jungs und Mädels vor. Ich war der Älteste. Bis auf Deko-Tussy Harida, die war über 50, aber immer noch attraktiv. Fast alle des Teams waren zwischen 20 und 30, manche Ü30. Thierry präsentierte mich als seinen früheren Kollegen, den „legendären Womanizer of Soma Bay". Alle grinsten und hießen mich herzlichst willkommen. Ich stellte mich kurz vor, erzählte von meiner Robinson-Vergangenheit und meiner Position als Firmenchef in München.

„Ich möchte 14 Tage mit Euch Spaß haben", jubelte ich und erntete Jubel. „Aber Mädels, macht Euch nicht an ihn heran, er ist verheiratet und hat 2 Kinder." Ich hätte Thierry für diesen Satz umbringen können! Er wusste genau von meinen Womanizer-Fähigkeiten und meinem Durst nach jungem, weiblichem Frischfleisch, aber wollte wohl sein Team schützen. Ein Blick in die Runde machte mir aber auch sofort klar, dass keine der hier anwesenden Damen meine werden würde. Sie waren nett, auch ein wenig hübsch, aber es würde definitiv Besseres hier bei Robinson geben. Also auf ins Getümmel!

30

Ich fühlte mich wieder jung. Das blaue Hemd und die weiße Hose machten mich jünger als 45. Ich fühlte mich wie maximal 30. Mein erster Programmpunkt war Volleyball. Lange hatte ich nicht mehr gespielt, doch nichts verlernt. Der Fleesensee hat eine eigene Halle dafür. Weil es an diesem Tag regnete, wurde drinnen, nicht draußen auf Sand gespielt. Eine der Damen, die mitspielte, war Karen. Schick war sie! Mitte 30 und sportlich. Aber keine Tussy, sondern eine Lady. So etwas sieht der Womanizer sofort. Sie konnte nicht richtig gut, aber besser als solala spielen. Besser als einige der anwesenden Männer.

Wir hatten viel Spaß und guten Sport. Bei anderen war es nur die Bewegung. Nach 1,5 Stunden waren wir fertig und das Mittagessen rief. Als Team gingen wir in den Speisesaal und setzten uns zusammen in eine große Runde. Neben mir saß Karen. „Erzähl mal was über Dich, ich habe Dich hier noch nie gesehen, und ich bin hier seit Jahren Stammgast", startete sie das Gespräch. „Ich auch nicht", rief der Carlo in die Runde. „Kein Wunder", erklärte ich, „ich bin im richtigen Leben kein Robin." „Sondern?", fragte Karen interessiert. „Ich lebe und arbeite in München und habe dort eine eigene Firma."

„Und warum arbeitest Du dann jetzt hier?", wollte Gary wissen. „Ich bleibe nur 14 Tage. Thierry, der Clubchef, und ich kennen uns von früher, aus dem Robinson Club Soma Bay. Dort waren wir zur selben Zeit Robins und gute Kollegen. Mein letzter Robinson-Einsatz ist schon locker 18 Jahre her. Das ist eine Ausnahme." „Warum? Was ist der Grund dafür?", wollte Karen wissen. Ehrlich erzählte ich ihnen die Realität des geplanten Familienurlaubs und vom Buchhalterscheiß, der mir in die Quere gekommen war.

„Und da dachte ich, wenn ich schon allein Urlaub machen muss, dann auf diese Tour. Warum auch nicht? Hier kann ich Sport machen, bin unter freundlichen Menschen, habe Spaß, esse gut, treffe alte Freunde wieder. Besser geht´s doch nicht." Alle nickten. Wir futterten. Fast alle gingen, nur Lady Karen blieb sitzen. „Jetzt mal im Ernst. Die Geschichte mit der eigenen Firma kannst Du vielleicht anderen Gästen auftischen, aber mir nicht. Ich bin selbst Geschäftsführerin einer großen Firma. Ich bin eine Businessfrau.

Nie würde ich da 2 Wochen als Robin arbeiten. Ist doch auch nicht schlimm, mit Mitte 30 noch Robin zu sein, Du musst nur den Absprung schaffen, bevor es zu spät ist." Mitte 30? Danke für das Kompliment! 10 Jahre Jugend hatte sie mir geschenkt. Aber ihre Weisheit konnte ich so nicht stehenlassen: „Es stimmt alles so, wie ich es erzählt habe." „Glaube ich Dir nicht. Wahrscheinlich tingelst Du seit Jahren von Club zu Club. Und bist halt jetzt hier. Es ist doch nichts Schlimmes dabei", grinste sie etwas herablassend. „Du kannst denken, was Du magst, Karen, ich bleibe bei meiner Geschichte, denn das ist die Wahrheit."

Erklärte ich, stand auf, verabschiedete mich höflich mit „Bis später" bei ihr und ging in meine wohlverdiente, aber nur kurze Mittagspause. Denn schon um 14 Uhr ging es weiter. Da kamen frische Gäste an und ich hatte Anreisedienst. Gäste empfangen, ihnen beim Einchecken helfen, Getränke anbieten, sie auf ihre Zimmer führen. Alles easy. Filippo war mit dabei, der Chefentertainer, er kannte den Club besser als ich und erklärte den Newbies, wo es was wann gibt. Um 15:30 Uhr wurde wieder Volleyball gespielt, ich durfte ran.

Die Sportlerinnen und Sportler waren fast dieselben wie am Vormittag. Auch Karen war wieder dabei. Elegant zeigte sie sich allen. Sie war etwa 1,72 m groß und wog dabei 55 kg. Eine natürliche, wenn auch etwas strenge Schönheit. Ihre blond gefärbten Haare waren fest nach hinten gezogen, ihren Aufsehen erregenden Goldschmuck legte sie demonstrativ vor der Gruppe ab. Marken-Klamotten in neu. Auch diesmal hatten wir viel Spaß zusammen. Ich spielte höflich mit.

Manchmal haute ich einen derb raus, zum Erstaunen der Gäste. Harte Aufschläge und dynamische Schmetterbälle hatte ich immer noch drauf. Zwar etwas eingerostet, aber wer rastet, der rostet. Talent verlernt man nicht. Um 17:30 Uhr musste ich los, da ich laut Plan noch einen Saunaaufguss hatte. Ich machte fleißig Werbung für meine Sauna und lud alle Volleyball-Menschen ein, mitzukommen. Die offenen kamen mit, die prüden nicht. Karen schätzte ich als prüde ein, doch sie zeigte sich offen. Als ich im Hasenkostüm um 18:30 Uhr die Sauna betrat, saß sie in der ersten Reihe. Allerdings nicht ganz nackt, das blöde Handtuch verdeckte viel.

Ich hob die Stimmung an. Erzählte Witze, auch 2 schmutzige. Zog mein Saunaritual durch und kam dabei selbst mächtig ins Schwitzen, denn ein Hasenkostüm ist ganz schön hot. 2 schöne Muschis, 3 mittelmäßige und 3 No-Go´s sah ich dafür, ebenso 5 Schwänze, die mich aber nicht kümmerten. Nach 2 Aufgüssen mussten wir raus. Kalt abduschen. Alle Gäste lobten mich für meine Saunameisterschaft, auch Karen klopfte mir anerkennend auf die Schulter: „Toller Aufguss. Man merkt Deine jahrelange Robinson-Erfahrung." Ich lächelte müde ab, ging auf mein Zimmer, duschte mich frisch, machte mich frisch und schlenderte zum Abendessen.

Setze mich an einen mit 6 Personen belegten Achter-tisch zu netten Gästen. Aß gut. Trank gut. Plauderte gut. Plötz-lich kam Karen, sie steuerte mich an. „Ist hier noch frei?" „Ja", nickten wir alle. Karen setzte sich neben mich. Umwerfend gut sah sie aus. In einem teuren Abendkleid zeigte sie allen, wie elegant schön Frau sein kann. Ihre blonden Haare trug sie nun offen, sie war dezent, aber reizvoll geschminkt und präsentierte schmuckhafte Klunker aus Gold & Co.

Als sich der Tisch auflöste, um Richtung Theater zu ge-hen, wo „Stomp" aufgeführt wurde, meinte Karin: „Kommst Du mit, Show gucken?" „Klar", antwortete ich. 10 Minuten später saßen wir wie 200 andere Gäste auch im Indoor-Theater, wo ge-stompt wurde. Wortlos applaudierend genossen wir das Spekta-kel. Ich erinnerte mich: Auch ich hatte Stomp gespielt. War eine meiner Lieblingsshows gewesen. Hatte mir immer viel Spaß ge-macht. Ich hätte sofort auf die Bühne gehen und mitstompen können. Fehlerfrei.

Nach der Show ging es ans beliebte Schachbrett, wo ge-tanzt wurde. Ich eröffnete mit anderen Robins die Tanzfläche, um die Gäste anzulocken. Sie kamen wie die Fliegen zum Licht. Nach 10 Minuten überließ ich die Fläche den Jüngeren und ging an die Bar. Mit einer Cola in der Hand landete ich in Karens Armen. „Prost", stieß sie mit einem Cocktail an. Wir schlürften. „Komm, jetzt mal ehrlich unter uns, mir kannst Du die Wahrheit ruhig sagen, es muss Dir nicht peinlich sein", machte sie mich wieder sinnlos runter. „Ich stellte das Glas ab: „Also, ich habe seit vielen Jahren meine eigene Firma in München.

Bin dort der Boss. Ich produziere mit meinem Team erfolgreiche TV-Shows und -Formate. International. Ich habe über 30 Angestellte und meine Firma macht einen Jahresumsatz von 20 Millionen Euro." Karen lachte laut los: „Von allen Robins, die ich bisher kennengelernt habe, und glaube mir, ich habe viele kennengelernt, bist Du der mit Abstand frechste. So eine Lüge ist schon ziemlich dreist. Möchtest Du Frauen damit beeindrucken? Also bei mir bewirkt so eine erfundene und überzogene Fantasiegeschichte das Gegenteil. 20 Millionen machen und mit Mitte 30 als Robin arbeiten, da passt doch etwas nicht zusammen, sei mal ehrlich, mein Freund."

„Als, erst einmal bin ich nicht Mitte 30, sondern schon Mitte 40", stellte ich klar. „Echt jetzt? Du siehst deutlich jünger aus. Kompliment. Na, aber dann umso schlimmer, dass Du mit Mitte 40 noch bei Robinson herumkrebst und so Dein Geld verdienen musst." Sie wollte es nicht kapieren. Also dann auf die harte Tour: „Okay, Du willst also wirklich, dass ich Dir beweise, dass mein Vita stimmt." „Nein, ich will, dass Du Dein Flunkern zugibst." „Werde ich nicht." „Siehst Du!" „Kann ich nicht, weil es kein Flunkern ist. Es ist die Realität."

„Quatsch, Quatsch", grinste Karen und lachte mich süß an. „Komm, lass uns tanzen. Das kannst Du besser als lügen." Schon war sie auf der Tanzfläche und zog mich an. Wir tanzten gut und erotisch miteinander. Spätestens da war mir klar: Karen wollte mich. Mich, den Playboy. Den Womanizer. Nicht mich, den Firmenchef. Sondern mich, den Toyboy. Das Boytoy. Den Sportler. Den Flunkerer. Gut, soll sie haben! Kurz nach Mitternacht ließ ich mich von ihr abschleppen. Karen verlor keine Zeit und befahl mir, sie glücklich zu machen.

Ihr Befehl war mein Wunsch. Ich entkleidete Karen und küsste sie in Position. Als sie nackt auf ihrem Bett lag, begann ich sie zu li-la-lecken. Sie war untenrum rasiert, hatte aber einen etwa 10 cm langen, senkrechten Strich stehen gelassen. Professionell auf Millimeter getrimmt. Dieser war dunkelbraun, wohl ihre echte Haarfarbe. Karens Pussy war genauso edel wie sie: Sie roch gut, sie schmeckte gut, sie kam gut. Und das konnte sie sogar mehrfach: Sie roch so gut, sie schmeckte so gut, sie kam so gut. Nach 4 Orgasmen zog sie mich an den Haaren hoch.

Karen bat um eine kurze Verschnaufpause. „Du hast echt Erfahrung mit Frauen, das spürt man sofort, wenn Du loslegst. Wie viele Frauen hast Du in Deinen Robinson-Jahren flachgelegt?" „Sehr viele", gab ich zu. „Du Schlingel. Du bist nicht nur ein Fluchser, sondern auch ein Womanizer." „Ein Fluchser bin ich nicht, aber ein Womanizer", grinste ich. „Wie dem auch sei, gut, dass Du ein Womanizer bist. Das war große Klasse eben. Bekomme ich das nochmal?" „Ja, aber erst, nachdem Du mich verwöhnt hast." „Gut, dann lege Dich entspannt hin", köderte sie mich in Position.

Karen band sich ihre langen Haare zum Schwanz und ging dann an meinen Schwanz. Schnell war er ein SCHWANZ! Karen verwöhnte ihn gut. Mit viel Gefühl und Geschick blies und wichste sie mich. Hielt dabei viel Augenkontakt. Wollte sehen, wie sich meine Erregung steigert. Sah sie. Wollte fühlen, wie sich mein Körper anspannt. Spannte er. Wollte sehen, wie ich komme. Kam ich.

Wollte schmecken, wie ich schmecke. Schmeckte sie. Wollte danach auf meiner Brust kuscheln. Kuschelte sie. Etwa 10 Minuten lagen wir so da, dann bat sie mich, sie erneut so geil zu stimulieren wie vorhin. Tat ich. Diesmal bat ich sie, sich auf mein Gesicht zu setzen. Ich wollte sie von unten lecken. Das ist auch eine geile Position, wenn einem die Fotzensoße ins Maul läuft. Wie eine Reiterin hockte Karen knapp über meinem Gesicht und ließ mich von unten mein Können ansetzen. Es dauerte nicht lange, bis es juicy wurde. Karen bebte auf mir. Sie fiel fast nach vorne, fast nach hinten. Blieb aber stabil, weil ich sie festhielt.

Auch beim nächsten Orgasmus. Nach schreibe und sage 7 Highlights konnte sie nicht mehr. Karens Pussy war mittlerweile bestens durchblutet und ebenso gut durchflutet. Sie ließ sich glücklich fallen und atmete laut ein und aus. „Also, wenn Du eines gut kannst, dann ist es Sex", lobte sie mich. „Und was ist mit Volleyball?" „Und Volleyball", ergänzte sie. „Und Flunkern." Ich ließ es stehen. „Jetzt will ich aber auch noch einmal kommen", murrte ich auf. „Wie?" „Im Stehen." Ich stellte mich hin, sie kniete sich mir zu Füßen. Jetzt hatte ich sie da, wo ich sie haben wollte. Elegant lässig blies sie mir einen.

Aus der POV-Perspektive genoss ich Karens Blowjob sehr. Der große Spiegel an der Wand schenkte mir eine geile Sicht. Nach 10 Minuten schoss ich ab. Karen schluckte alles. Bravo. Die reiche und kluge Millionärin hatte dem armen Robin einen geblasen. Die Nacht durfte ich aber nicht bei ihr bleiben. Sie wollte allein schlafen. Ich ging. Am nächsten Tag versuchten gleich mehrere Frauen ihr Glück bei mir. Sogar die junge Kollegin Isi, die mir aber nicht hübsch genug war. Auch Maxim und Estefania, 2 Gästefrauen, wollten mich. Da aber Karen mir klarmachte, dass ich ihr ihre 3 letzten Nächte gehöre, ließ ich die Finger von allem andere und lehnte höflich dankend ab.

Sport & Entertainment am Vor- und Nachmittag, gutes Essen zwischendurch, Saunaaufguss am Abend und Sex in der Nacht. So ging es weiter. Karen und ich harmonierten im Bett vorzüglich. Was Karen aber nicht wusste, war, dass ich in meiner Mittagspause meine Kollegin Kader nagelte. Kader war eine Wellnessbraut und machte mit den Gästen Fitness. Sie war 28 und sehr gut trainiert. Kader war 1,80 m lang und ein Powerhouse. Nicht dick, nicht gerstenschlank, sondern eher muskulös schön. Sie brachte sicher 75 oder sogar 80 kg auf die Waage.

Im Bett zeigte mir die rassige Schwarzlocke, was sie alles konnte. Sie ritt mich bis zum Erdbeben. Sie wollte es intensiv und hatte unbändige Kraftreserven in sich. Ich hatte Angst, das Bett würde brechen. Da sie mit Küchenchef Rico zusammen war, einem 50-jährigen Schleimscheißer, war sie die Nächte natürlich nicht frei. Außerdem durfte Rico nichts von unseren Mittagsficks erfahren. Passte aber gut, da man als Koch ja mittags arbeiten muss. Haha!

Kader blieb mir die 2 Wochen über treu, sie war mein fast täglicher Mittagsritt. Kader war blank rasiert und dominierte mich. Immer wollte sie reiten, nicht ein einziges Mal durfte ich oben sein. War mir egal, da sie richtig gut ritt. Jedes Mal kam ich in ihr. Mit Gummi. Jedes Mal sie auch auf mir. Mit Gummi. Kader ist aber nur eine Randnotiz, denn als Businesslady Karen weg war, schaute ich mich um. Mein Blick fiel auf Elissa, die Tochter meines Volleyballkunden Ecki, doch Eli wollte nicht. Dann halt nicht. Dafür wollte Alessia, die Tochter meines anderen Volleyballkunden Dominic.

Alessia war groß gewachsen, sogar größer als ich, fast 1,90 m lang, doch schön. Sie hatte hier im Club ihren 24-jährigen Geburtstag. Dominic erzählte mir davon und bat mich, am Abend mit an den Familientisch zu kommen. Kam ich. Da sah ich die Profisportlerin zum ersten Mal. Die Volleyballerin spielte in der Frauen-Bundesliga und war eine Erscheinung. Lang, schlank, sexy, Blondie. Ich fragte sie, ob sie nicht mal mitspielen würde, aber sie lachte nur und meinte, sie wolle sich hier erholen und nicht ihrem Beruf nachgehen. Recht hatte sie, dieses Argument ließ ich gelten.

Wir stießen zusammen auf die Ex-23-Jährige, nun 24-Jährige an und ließen sie hochleben. Es wurde getrunken und getanzt. Auch alle anderen Robins kamen und gratulierten ihr. Gegen 0:30 Uhr wollte ich mich verabschieden, da flüsterte mir Alessia etwas zu. Dies führte dazu, dass ich 15 Minuten später an die Zimmertür mit der Nr. 268 klopfte. Nr. 268 öffnete mir. Alessia öffnete. Ich strahlte. Sie strahlte. Ich trat ein. Sie schloss die Tür. „Und, bekomme ich jetzt einen geilen Geburtstagsfick von Dir?“

„Du bekommst von mir alles, was Du möchtest", ging ich auf die blonde Riesin zu und streckte mich, um sie küssen zu können. Ich küsste Alkohol. Alessia hatte schon einiges intus, war aber noch nicht ganz willenlos. Dafür zu allem bereit. Ich wollte sie aufs Bett tragen, entschied mich aber aufgrund ihrer Größe lieber für die geleitsame Hand. Auf dem Bett entkleidete ich sie. Schnell war Alessia nackig. Selten hatte ich so lange Frauenschenkel gesehen. Endlos lange Stelzen, die zu ihrem Körpermittelpunkt führten.

Dieser hatte Schamhaare, erstaunlicherweise sogar ein gutes, altes Dreieck. Dunkelblonde Haare, zwar getrimmt, aber dennoch mehr als üblich, lachten mich an. Eine neue Herausforderung, die ich gerne annahm. Während Alessia beschwipst da lag, beschwipste ich ihre Muschi. Meine Zunge startete den Geburtstagsleck. Alessia ließ sich fallen. Wie in Trance erlebte sie mein sexuelles Geschenk der Extraklasse. Als sie kam, schlug sie mit den Beinen heftig aus und traf mich am Kopf. Autsch! Die potenzielle Beule war mir egal, ich ließ nicht von ihr ab und leckte gleich weiter.

Alessia erlebte Besonderes. Ganze 3 Orgasmen später hatte sie genug. Jedes Mal trat sie aus und erwischte mich irgendwo. Jedes Mal sagte sie „Sorry, tut mir leid", doch jedes Mal machte ich einfach weiter. Nun erst spürte ich ihre Tritte. Es tat ganz schön weh. „Machst Du das immer, Männer zu treten, die Dir Gutes tun?", provozierte ich sie mit dieser rhetorischen Frage. „Sorry, tut mir leid", war ihre Antwort wieder. „Die Orgasmen waren echt heftig, das hat elektrisiert." Ich freute mich wie ein geprügelter Hund. „Für die Tritte habe ich jetzt aber etwas gut", monierte ich. „Alles, was Du willst", bot mir die blonde Schönheit an.

„Blas mir einen." „Sorry, ich blase grundsätzlich nicht", war ihre dumme Antwort. „Warum nicht?" „Ist so." „Du sagtest gerade, ich bekäme alles, was ich möchte. Genau das möchte ich jetzt." Alessia atmete tief ein und aus. Was würde sie tun? „Na gut, versprochen ist versprochen", stöhnte sie und hockte sich auf. „Aber nicht in den Mund kommen. Sag mir davor bitte Bescheid." „Logo." Sie band sie ihr Haar hoch, während ich mich ebenso vollständig entkleidete. Dann startete ihr Blowjob. Der war mehr schlecht als recht.

Darum blies die Alessia also nie. Sie konnte es einfach nicht gut. Oder mochte es nicht. Nach ein paar Minuten unterbrach ich genervt: „Hey, das fühlt sich echt nicht so gut an. So komme ich nie. Kannst Du es nicht besser oder willst Du es einfach nicht besser machen?" „Ich will es nicht besser machen." „Dann lass es sein, bring mich anders zum Orgasmus." Alessia griff stattdessen zu. Mit ihrer rechten Hand. Die war groß und lang. Mein Penis verschwand darin wie ein Nichts.

Volleyballerinnen haben allesamt große und lange Hände, die brauchen sie für ihren Ballsport. Noch nie hatte ich eine so große und lange Hand an meinem Schwanz. Noch nie zuvor sah ich ihn überhaupt nicht mehr. Aber es fühlte sich geil an, da die große und lange Alessia so jeden Millimeter meines Freundes Ricky Rocket berührte und stimulierte. Wichsen konnte sie richtig gut! Breitbeinig saß sie zwischen meinen Beinen, sodass ich ihren bushy Busch genau sehen und fixieren konnte. Als ich kam, kam ich aus dem Nichts. Mein Sperma flog hoch hinaus, aber woher?

Ich sah nur ihre große, lange Hand hoch und runter sausen, aber was sie bearbeitete, war unsichtbar. Trotzdem genoss ich meinen Höhepunkt sehr. Beim Ausruhen danach erzählte mir Alessia von unschönen Pubertätsereignissen. Einmal wurde sie dazu gezwungen, mehrere ältere Jungs nacheinander oral zu befriedigen. Mehrere Male musste sie sich bei verschiedenen Typen nach deren Spermaladung in ihren Mund übergeben. Die Traumata seien dafür verantwortlich, dass sie nicht blase. Na gut, na schön. Hauptsache, ihre Hände funktionierten gut. Aber ein Geburtstagsgeschenk ist noch kein Geburtstagsgeschenk, wenn der Fick fehlt.

20 Minuten später fehlte er nicht mehr. Mit einem gelben Noppengummi massierte ich Alessias Paradiesröhre gut. Sie lag unter mir und erschien so lang wie ein endlos langer Gartenzaun. Ich fickte sie gut durch. Alessia stöhnte laut und genoss ihren Schwippus. Ich kam in ihr und hatte sie somit offiziell zur 24-Jährigen gemacht. Schlafen wollte ich aber allein. Also ging ich. Da Alessia am nächsten Tag auf Distanz spielte und sie mir ohnehin anstrengend war, suchte ich neues Frischfleisch.

Diesen einen Abend ging ich leer aus, da nichts Brauchbares oder Freies oder Williges dabei war. Das änderte sich am nächsten Tag, als Robin Irina aus ihrem Urlaub zurückkam. Sie war 27 und Bar-Frau im Club. Sie servierte allen ihren Sex on the Beach. Auch mir? Sie war eine Gute-Laune-Frau, die schon 4 Jahre im Rob Club Flee arbeitete. Wir kamen ins Gespräch. Irina glaubte meiner Lebensgeschichte und fand es toll, dass ich trotzdem nochmal einen auf Robin mache.

Meine Ehefrau und meine Kinder ließ ich bei der Big-Boss-Firmengeschichte weg. Irina war klein und sprunghaft. 1,60 m süß und 45 kg schwebend. Ein Springinsfeld, der aussah wie Alexa Bliss. Und die finde ich sehr sexy! Unser Talk war nett, aber noch nicht sexy. Ich musste mir etwas einfallen lassen. Irina hatte Schicht bis Mitternacht, so wie ich. Ich fragte sie, ob sie mir bei etwas Wichtigem helfen könne. Irina war sehr hilfsbereit und sagte sofort zu. 20 Minuten später führte ich sie auf mein Zimmer. Irina folgte mir, ohne den Weg zu hinterfragen. Sie wollte helfen. Wir gingen in mein Zimmer. Ich schaute sie an und ließ meine Hose runter.

Irina schaute mich mit schockiert-großen Augen an: „Und was soll das?" „Kannst Du mir helfen, einen schönen Orgasmus zu haben?", lächelte ich sie mit meinem besten Lächeln an. Irina war sprachlos: „Also, ich habe schon so gut wie alle Anmachen hier erlebt, ganz verrückte und wilde, aber Deine schlägt dem Fass den Boden aus." „Du hast mir vorhin gesagt, Du würdest mir gerne helfen. Jetzt ist Deine Hilfe gefragt", streckte ich ihr meinen halbsteifen Penis mutig entgegen. „Das ist ein schmaler Grat zwischen Unverschämtheit und Wahnsinn", schüttelte Irina den Kopf. „Aber andererseits, warum nicht."

Irina ging 2 m auf mich zu und griff nach ihm. „Schön ist er ja schon", lächelte sie und begann zu wichsen. Da er trocken war, bespuckte sie ihn. Mag ich normalerweise nicht, aber war diesmal okay. Irina stellte sich neben mich und begann mir zu helfen. Mit ihrer rechten Hand schüttelte sie kräftig meine Salami. Dabei beachtete sie meine Gefühle nicht. Kein Blickkontakt, Irina schaute nur auf meinen Schwanz hinab und ihren Handarbeitsfortschritt. Es dauerte nicht lange, bis ich kam. 3 Minuten Hilfe hatte es benötigt, ehe ich abschoss.

Mein Sperma flog weit. Locker 1-2 m spritzte ich den Boden an. „Aha", freute sich Irina und schaute mich glücklich an. Irina wichste genial weiter, bis sie alles raus hatte. Dann erst wurde sie langsamer. „Danke für die Hilfe", bedankte ich mich für ihre Hilfe. „Gern geschehen. Ich sagte ja, ich helfe Dir. Ich hatte zwar mit etwas völlig anderem gerechnet, muss aber sagen, das war ganz cool." „Darf ich mich bei Dir revanchieren?", fragte ich mit einem Augenzwinkern. „Nein, danke, ich bin gut versorgt", antwortete Irina und verschwand im Badezimmer, um sich ihre Hände zu waschen.

Wie ich am Tag darauf von Dritten erfuhr, war sie mit Clubchef Thierry zusammen. Junge, Junge, der darf das natürlich nicht wissen! Ich suchte Irina an der Bar auf und nahm sie zur Seite: „Ich habe erfahren, dass Du mit Thierry zusammen bist. Stimmt das?" „Ja." „Thierry und ich sind Freunde. Er darf das niemals erfahren. Versprochen?" „Ja." „Danke!" Der Tag ging weiter, ich musste oft an Irina denken. Ich musste die süße Irina knacken, so viel stand fest. Ich wusste aber auch, dass ich mit Feuer spielen würde.

Da ich aber ein erfahrener Zauberkünstler bin und mich nie verbrenne, liebe ich solche riskanten Spiele. Am Abend ging ich mutig auf Irina zu, es war kurz nach 23 Uhr, und fragte sie ins Ohr, ob sie mir auch heute bei etwas Wichtigem helfen würde. Sie lachte laut. Ging in der lauten Musik unter. Irina schaute mir tief in die Augen und meinte: „Ja, ich helfe Dir gerne." Kurz nach Mitternacht klopfte sie an mein Zimmer. Sie durfte herein. Ich ließ wortlos meine Jeans runter. Irina ergriff ihn wortlos und wichste ihn wortlos. In genau derselben Position wie nachts zuvor half sie mir.

Mit genau derselben Hand, Technik und Geschwindigkeit erlöste sie mich. Ich kam genauso schnell und brutal wie schon mal. Dann ging Irina wieder, musste ja zu ihrem Freund. Die 3 nächsten Tage hatte sie abends barfrei, da lief nichts, da sie die Zeit mit Thierry verbrachte. Also musste eine andere Lady her. Diese fand ich beim Saunaaufguss, den ich durchführte. Christiane war die letzte, die kam, auch die letzte, die ging. „Wow, Du hast mich mächtig ins Schwitzen gebracht", strahlte sie mich nackt an. Ihre 40 Jahre sah man ihr zwar an, aber es waren schöne 40 Jahre, von den ersten Speckröllchen mal abgesehen. Die Single-Frau war ein paar Tage im Club und suchte Erholung und Sex.

Sex hatte sie schon mit einem anderen Gast-Mann gehabt, doch der war nun weg. Es war ihr allerletzter Abend. Klar, dass sie da noch einmal auf den Putz hauen wollte. Sie war mir recht. Am späten Abend landeten wir in der Kiste. Christiane zeigte mir das, was ich Stunden zuvor schon gesehen hatte: ihren hüllenlosen Body. Sie wollte genommen werden.

Legte sich hin und spreizte ihre Beine. Ich erledigte die Arbeit. Gut fickte ich sie. Gerne fickte ich sie. Heftig fickte ich sie. Ich hatte trotz eines langen Arbeitstages und dem Mittagsfick mit Karen noch viel Power. Über 20 Minuten lang stieß ich zu, bis Christiane aufheulte. Dann heulte ich auf. Der Mond stand tief, wir beide waren gekommen. Lust auf schlafende Zweisamkeit mit ihr hatte ich nicht. Also kam ich am frühen Morgen um 7:30 Uhr nochmal zu ihr, um sie zum zweiten Mal zu beglücken. Erneut ließ sie mich arbeiten und ich sorgte als Missionar für 2 laute Heuler gegen 8 Uhr.

Ich heulte um 10 Uhr nochmal laut auf, allerdings innerlich, als ich die unfassbare Schönheit von Tabitha sah. Tabitha checkte ein, mit einer Horde anderer junger, hübscher Frauen. Doch sie stach heraus. Wie sich im Gespräch herausstellte, war dies die Tennis-Damenmannschaft des Hamburger Sportvereins. Sie bezogen hier ihr Trainingslager für die anstehende Saison. Tabitha war schwarzhaarig und 23. Sie spielte an Position 1. Dieselbe Position nahm sie auf meiner Wunschliste ein.

Ich beobachtete ihr erstes Training, hatte ich doch 20 Minuten vor der Bingo-Runde, die ich moderierte. Beim Abendessen sah ich Tabitha und die Tennis-Damen wieder. Ich gesellte mich zu ihnen und flirtete die 1 an. Tabitha tanzte mit mir, gab mir allerdings zu verstehen, dass sie an keiner Bettgeschichte interessiert sei. Mist! Na gut, immerhin war Irina wieder da und bereit, mir zu helfen. Wenn das Thierry wüsste … Irina besorgte es mir kurz nach Mitternacht mit ihrem üblichen Melkjob. „Du, ich würde unglaublich gern mit Dir schlafen. Ich bin nur noch 5 Tage hier", verriet ich ihr. „Sorry, das kann ich nicht, Du weißt, ich bin mit Thierry zusammen."

„Ja, schon, aber was ist dann hiermit?" „Naja, ich überschreite hiermit auch schon eine Grenze, ist immerhin Sex, aber mehr kann ich nicht verantworten." „Okay. Solltest Du es Dir noch anders überlegen, sei Dir sicher, ich empfange Dich mit offenen Armen, Süße", verabschiedete ich sie in Thierrys Bett. Am nächsten Morgen frühstückte ich um 8 Uhr. Auch die Tennis-Damen waren schon aktiv und hungrig. In ihren kurzen Röcken saßen sie 3 Tische von mir. Einige der Sportlerinnen waren hochkonzentriert, andere machten mir schöne Augen.

Ich sehe nun mal gut aus, ich weiß. Plötzlich kam mein Schwarm Tabitha zu mir. „Darf ich kurz?", begrüßte sie mich lächelnd. „Klaro", empfing ich sie ebenso lächelnd. Sie setzte sich kurz, aber nur, um mir Folgendes ins linke Ohr zu sagen: „Also, die Aline ist ganz scharf auf Dich. Die würde Dich gern näher kennenlernen, traut sich aber nicht, Dich anzusprechen. Sie hat mich als Botschafterin vorgeschickt." Oha! „Aline – wer ist denn die Aline?" „Die Kurzhaarige in blond. Dort drüben." Ich sah nach drüben. Die Kurzhaarige in blond tat so, als wenn sie mich nicht sah. „So schüchtern, die Kleine", kicherte ich.

„Ich kümmere mich darum. Ich gehe heute Abend auf sie zu."
„Okay, richte ich ihr aus. Sie wird sich mächtig freuen. Und viel
Spaß!" Tabitha drehte um, ging zu Aline und überbrachte ihr
meine Botschaft. Die freute sich, traute sich aber immer noch
nicht, mich anzusehen. Schüchtern spielen, aber im Bett dann
der Terminator sein – jaja, solche Frauen kenne ich zur Genüge.
Der Tag verging. Karen schenkte mir eine sonnige Mittagspause. Am Abend nahm ich Kurs auf Aline. Sie war 26 Jahre lieb
und sah aus wie eine schüchterne Pink, nicht mit stehenden,
sondern mit flachen Haaren. Sie war naturblond. Schlank.
      Wenig Busen da Sportlerin. Unscheinbarer. Ich hätte sie
fast übersehen. Ich ging entschlossen auf sie zu: „Hey, Aline,
hier bin ich, Dein Traummann." Diese Anmache war möglich,
da sie allein – wohl beabsichtigt – an einem Tisch stand. Aline
lächelte verlegen: „Schön, dass Du gekommen bist." „Gekommen bin ich heute noch nicht", log ich, ohne dass sie es kapierte, „aber ich hoffe, Du wirst das ändern." Mein Gott, was kann
ich manchmal für ein Proll sein.
      Aber viele Frauen stehen auf solche Sprüche, vor allem
die, die harmlos tun. „Wie war das Training heute?" „Gut, danke", freute sie sich. „Ich habe heute Tabitha besiegt." „Na, dann
hast Du einen Wunsch frei zur Belohnung. Was wünscht Du
Dir?" „Wie meinst Du das?", fragte Aline irritiert. „Na, wünsch
Dir was. Wenn ich es Dir erfüllen kann, dann erfülle ich es Dir."
„Tanzt Du mit mir?" „Logo." Ich nahm sie und zeigte ihr die
Tanzfläche. Auf mein Zeichen hin spielte DJ Mac Schlager. Ich
discofoxte mit Aline. Kommt bei Frauen immer gut an.
      Ich führte und sah immer wieder das Glänzen in ihren
sportlichen Augen. Als wir ausgefoxt und uns weitere Cocktails
bestellt hatten, meinte Aline: „Du kannst echt gut tanzen." „Ich
kann nicht nur gut tanzen, sondern auch gut …". Ich zwinkerte
Aline zu. Sie wurde rot. Rot war aber auch ihr rechte Hand. Fiel
mir im Licht auf. „Lass mal sehen." Aline gab sie mir. Sie war
sehr mitgenommen. „Das Training hinterlässt Spuren", trag-sch-
te sie. Alines Schlaghand hatte Blasen, verheilte und offene. Sah
nicht gut aus. Ihre Nichtschlaghand dagegen war wunderschön.
„Zeig mir mal die." Sie gab sie mir. Ich hielt eine perfekte, 25-
jährige Frauenhand in meiner Hand.

„Das bedeutet, wenn Du Sex hast mit einem Mann und seinen Knüppel in die Hand nimmst, machst Du es immer mit dieser Hand, oder?" Aline wurde noch röter. „Apropos Bälle." Da wurde sie pinkrot. War sie wirklich so schüchtern oder verklemmt? Unerfahren oder scheinheilig? Ich musste es herausfinden! Als Mitternacht überschritten war, meinte ich ultimativst: „Zu Dir oder zu mir?" „Wir können zu mir. Tabitha weiß Bescheid. Sie ist meine Zimmergefährtin und schläft heute, wenn ich ihr ein Zeichen gebe, bei Biggi, da ist ein Bett frei." „Passt", nickte ich und folgte ihr unauffällig in ihre Tennis-Bude.

Als wir allein und ungestört waren, wurde Aline erneut rot. „Das ist mein allererster One Night Stand. Habe bitte Verständnis, wenn ich unsicher bin oder schamhaft." „Alles ist gut, Kleine", beruhigte ich sie, „bei mir bist Du in besten Händen." Aline wollte auf Toilette. Ich erlaubte es ihr. Es waren volle 10 Minuten. Kackte sie sich einen weg? Oder traute sie sich nicht mehr raus? Endlich kam sie! Sie hatte immer noch oder wieder ihr Shirt und ihre Jeans an. „Ich bin gleich bei Dir, Kleines", verschwand auch ich. 2 Minuten später stand ich vor ihr.

Ich dunkelte das Licht ab und trug Aline aufs Bett. „Ich vertraue Dir, ja?" „Ja, Kleine, das kannst Du. Ich tue Dir weder weh noch mache etwas, das Dir nicht gefällt. Rede einfach mit mir, dann bereite ich Dir das Paradies auf Erden." Dann küsste ich sie. Zuerst war sie schamhaft und küsste kurz. Schon bald wurde sie sicherer und küsste gut mit. Ich lag behutsam auf ihr und brachte sie in Stimmung. Sie ließ sich ihr Shirt ausziehen, auch ihre Hose. Zum Vorschein kam Unterwäsche.

Auch die musste dran glauben. Peinlich berührt lag sie nun nackt unter mir. Alines sportlicher Körper war trainiert. Gut geformt und gesund. Etwas blass war ihre Haut, aber wen interessiert die schon? Mich interessierten ihre Brüste! Diese küsste ich erregt. Aline atmete laut und gierig. Ich nahm ihre Warzen in den Mund und saugte daran, bis sie harte Knöpfe waren. Währenddessen fuhren meine Hände immer tiefer, bis ich ihren Scham-hügel unter mir hatte. Noch tiefer, bis ich ihre Schamlippen und ihre Klitoris berührte. „Ah!", atmete Aline in meinen Mund. Ich küsste sie weiter und massierte sie unten. Plötzlich zuckte sie und ließ los.

Ein lupenreiner Orgasmus hatte sie erwischt. Nach nur 2 Minuten Druck auf die Klitoris. Aline zitterte. Ich jubelte innerlich. „Oh, war das schön", strahlte sie mich an. „Kann ich nochmal", grinste ich und legte meine Hand wieder auf. Aline schloss ihre Augen und knutschte mit. 2 Minuten später zuckte sie auf. Sie hatte das Match wieder 6:0 gewonnen. Ihr zweiter Orgasmus war nasser als der erste, eine halbe weibliche Ejakulation sagte dem Bett Hallo. Ich streichelte die Kleine aus und legte mich neben sie. Aline genoss es. Sie erzählte mir, dass sie 10 Jahre mit ihrer Jugendliebe Daniel zusammen gewesen war.

Sie hatten sich mit 16 kennengelernt – beim Tennis – und verliebt. Sie wurden ein Paar. Daniel war ihr erster und bisher einziger Mann. Sie war ihm die 10 Jahre lang treu gewesen. „Er mir aber nicht, wie ich herausfand. Er hat mich mindestens 10 Mal betrogen." „Das tut mir leid, Kleine", kuschelte ich mit ihr. „Da musste ich es beenden. Ist jetzt 4 Wochen her. Ich bin immer noch in tiefer Trauerphase." „Kleine, wir sind hier nicht zum Trauern", war meine Hand wieder an ihrer Klitoris.

Aline beendete ihr Leid und war in Gedanken wieder bei mir. Zur Belohnung schenkte ich ihr ihren dritten Orgasmus. Als ich sie aufdringlich fragte, was nun mit mir sei, wurde sie stotternd: „Du, ich glaube, ich kann das noch nicht. Ich kann noch nicht mit Dir schlafen, ich brauche noch paar Tage." „Ich bin nur noch 3 Tage hier", stellte ich klar. „Okay, ich versuch´s. Aber heute ist definitiv zu früh." „Na gut, dann mach es mir mit Hand und Mund. Ich habe Dir 3 Orgasmen gemacht. Zumindest einer für mich wäre ganz nett."

„Gerne", flüsterte sie und nahm meinen Dick zum ersten Mal in ihre Hand. Natürlich in ihre linke, die gute. Es fühlte sich herrlich an, als sie begann, meine Vorhaut hoch und runter zu schieben. Aline blieb neben mir liegen und holte mir seitlich einen runter. „Auch mit Mund." Aline lehnte sich seitlich über mich und nahm meinen Tennisschläger in ihren Mund. Sie blies zärtlich und langsam. Mit viel Gefühl. So dauerte es sagenbehaftete 20 Minuten, bis ich kam. Ich kam brutal. Mit einem Ass schoss ich ab. Aline begann zu husten und setzte sich auf. Wichste aber zu Ende, nachdem ich ihre Hand wieder schnell in Position und den Rhythmus vorgegeben hatte.

„Danke, Kleine", küsste ich sie. „Bleibst Du die Nacht?" „Ja, okay." Wir schliefen ein. Am frühen Morgen streichelte ich sie erneut zu mehr als einem Höhepunkt, danach streichelte und blies sie mich zu meinem. Ich küsste Aline und ging. Mittags ritt mich Karen platt. Am Abend wartete ich auf Mitternacht und meine Zweisamkeit mit Aline. Doch da war ja noch Barfrau Irina: „Möchtest Du meine Hilfe heute nicht? Schon gestern wolltest Du sie nicht", schaute sie mich vorwurfsvoll an. „Sorry, Irina, aber ich habe gerade Heißes am Laufen. Mit einer Tennis-Dame. Bei der darf ich alles, Du weißt schon.

Ist keine Entscheidung gegen Dich, ist eine für mich, weil alles geht. Ich hoffe, Du verstehst das." Irina verstand und erteilte mir – wenn auch etwas traurig – ihren Segen. Die zweite Nacht mit Aline war ebenso kuschelig. Ich schenkte ihr 3 Orgasmen, diesmal mit meiner Magic Tongue. Meine Zungenspiele sind legendär, sie können jede Frau verrückt machen. So auch Aline. Ihre haarfreie Pussy war glücklich, doch noch nicht bereit, mich reinzulassen.

Dafür blies sie mir wieder einen, diesmal sitzend. Ich kam heftig. Aline ließ alles aus ihrem Mund herauslaufen. Na, immerhin ein Fortschritt. In der Früh blies Aline mich erneut glücklich. Ich ging. Mein letzter Arbeitstag brach an. Leider war Karen verhindert, sodass mein Mittagsritt ausfiel. Dafür tat sich etwas anderes auf. Beim Mittagessen saß Tabitha neben mir. „Und, wie läuft´s mit Aline?" „Gut, aber das weißt Du ja alles, oder?" „Oh ja, sie schwärmt von Dir." „Sorry, dass Du nicht in Deinem Bett schlafen konntest die letzten Tage, morgen bin ich ja weg. Danke auch, dass Du Aline und mir diese Zweisamkeit ermöglichst."

„Angebot", starrte mich Tabitha geil an. Keiner war um uns herum. „Wenn Du jetzt Zeit und Lust hast, dann lass uns ficken." „Ich dachte, Du willst nicht." „Ich habe meine Meinung geändert." „Dann komm!" Ich führte Tabitha auf mein Zimmer, wo der Sex stieg. Tabitha war schnell nackt und auf mir. Sie wollte es sowas von. „Fick mich!", forderte sie. Ihr Traumkörper war dunkler als ich dachte. Viel Sonne oder Solarium. Ich trieb es mir ihr zuerst im Bett, dann vor dem Spiegel stehend. Sogar auf dem Tisch landeten wir. Ich fickte hart und kam.

Nach 10 Minuten Pause und mit einem zweiten Gummi läutete ich Satz 2 ein. Wir starteten auf dem Bett, machten weiter vor dem Spiegel stehend und beendeten es auf dem Tisch. „Bleibt unser Geheimnis, wegen Aline." „Okay", nickte ich. Am Nachmittag suchte Irina meine Gegenwart auf: „Du, ich habe überlegt. Du gehst morgen, oder?" „Ja." „Ich habe ab 18 Uhr barfrei, Thierry muss aber anwesend sein. Du kannst mich haben. Mit allem." Wow, ich war baff. „Mit allem?" „Ja." „Also mehr als nur die bisherige Hilfe?" „Ja. Das volle Paket."

„Und Thierry?" „Der wird es nie erfahren. Ich kann damit umgehen. Ist eine mega Ausnahme, aber Du machst mich schwach. Ich möchte Dich spüren." „Dann soll es so sein", grinste ich. „Sei um 18 Uhr auf meinem Zimmer, dann haben wir Zeit bis nach der Show." Punkt 18 Uhr klopfte es. Irina huschte zu mir rein. „Hier bin ich." „Dann mach Dich startklar, hübsche Frau." Irina zog sich aus, ich zog mich aus. „Mich hast Du ja schon glücklich gemacht, aber ich Dich noch nicht. Lass Dich mal anschauen." Irina drehte sich im Kreis für mich.

„So wunderschön!", war alles, was ich herausbrachte. Dieser Dreckskerl Thierry hatte unverschämtes Glück. Nun aber gehörte seine Irina mir. Wenigstens 3 Stunden. „Komm", führte ich sie aufs Bett. Minuten später lagen wir übereinander. Richtungsverkehrt. 69. Sie auf mir. Ich leckte ihre Muschi, sie mir mein Schwanzi. Irina duftete da unten gut, nach Frau und Rose. Sie hatte einen runden Schamhaarkreis vor ihrer Clit, der sehr erotisch aussah und ebenso schmeckte. Ihre Schamlippen öffneten sich weiter als bei anderen Frauen, und sie war G-Punktempfänglich.

Meine Finger fanden ihren G-Spot sofort und bearbeiteten ihn intensiv. Irina kam. Kreischend erlebte sie so auf mir 2 Höhepunkte, ehe sie mir meinen machte. Mit aller Gewalt kam ich. Irina beendete alles professionell und schluckte mein Womanizer-Sperma. Dann duschten wir und starteten Sexrunde 2 unter der Brause. Ohne Gummi fickte ich sie. Sie spiralte und war gesund. Ich spiralte nicht, war aber auch gesund. Passt! Irinas Muschi war breiter als ich dachte, ich spürte nicht allzu viel. Etwas schade. Als sie aber dann im Bett auf mir ritt, war sie in dieser Position enger. Gut! Irina ritt gut, aber nicht sehr gut.

Sie nahm nach oben immer zu viel Schwung, sodass er alle 20 Sekunden rausflutschte. Das störte. Irgendwann hatte sie den Dreh heraus und ritt gut weiter, bis ich kam. Ich ejakulierte ihre Mumu voll. Mit dieser Spermaprobe hätte man mich überführen können. Hätte, hätte, Fahrradkette. Wir lagen da, bis es 22 Uhr war. „Ich muss los", entschuldigte ich mich und küsste sie zum Abschied. „Danke für alles, Irina." 2 Stunden später küsste ich eine andere Frau: Aline. In ihrem Zimmer zelebrierte ich meine letzte Nacht. „Heute bin ich bereit, mit Dir zu schlafen", frohlockte die Kurzhaarige. „Aber sei bitte vorsichtig und zärtlich mit mir." Nach dem Petting steckte ich ihr meinen Robinson-Pimmel ein.

Ich lag auf Aline und machte zärtlich. Aline genoss es und klammerte sich wie eine Schlange an mir fest. Meine Stöße taten ihr gut. „Fester", bettelte sie irgendwann. Fester wurde es. „Tiefer", bettelte sie weiter. Tiefer wurde es. „Ja!", stöhnte sie. Da ich an diesem Tag schon 3 Höhepunkte erlebt hatte, konnte ich lange durchhalten. Nach 20 Minuten Missionary kam ich in Alines Tennis-Pussy. Die Erlösung war groß. Ebenso jene Erlösung am nächsten Morgen, als ich erneut als Missionar in Aline kam. Glücklich verließ ich alle und fuhr zurück nach München.

Andrea und meine Kids freuten sich riesig, mich wiederzuhaben. Meinen Kindern brachte ich Robinson-Klamotten mit, meinem Schatz schenkte ich ein Wellness-Wochenende in Bad Füssing, natürlich in meiner Begleitung. Ich blickte zurück: 7 Frauen in 14 Tagen. Das war wieder womanizerlike. Ich hatte es mir selbst erneut bewiesen, welch toller Hecht ich bin. Selbst mit Mitte 40 noch die jungen, hübsche Dinger abzubekommen, die zuerst Nein, dann aber Ja sagen, die ich glücklich machen und von denen ich mich verwöhnen lasse. Ich bin´s einfach!

Der geile Horror

Joyce war ein Luder der Klasse 1A: eine junge Frau ebenso geil wie frech. Ich lernte sie in Konstanz kennen. Dort weilte ich 1 Woche mit meinem Team, um Magical.TV bei einem Projekt zu unterstützen. Joyce war im Team M.TV. Ich schätzte sie auf 30, sie war erst 25, wie ich später erfuhr. Joyce sah verlebt aus. Schlank, aber mit Gebrauchsspuren im Gesicht. Entweder ihr fehlten Vitamine, oder sie muss die falschen genommen haben. Sie rauchte viel, aß wenig, trank das Falsche, war überdreht und hatte ein Blech weg. Aber arbeiten konnte sie gut: sie war die kreative Koordinatorin.

Joyces Haare waren ulkig geschnitten, vielleicht schnitt sie sich diese selbst. Dunkel waren sie, dann wieder hell, dann wieder dunkel, dann hell. Zwischendurch rot. 1 Piercing an der Lippe. 5 in der Lippe. Weitere an Ohren und Augenbrauen. War sie überhaupt ein Mensch oder ein Freak? Sie törnte mich erstmal überhaupt nicht an. Ich musste mein Bestes geben, mit ihr verständlich zu kommunizieren. Da gefiel mir Ollinga besser. Die Russin war Ü30, attraktiv, mein Typ. Sie sollte es werden. Doch sie verstand meine Anmachversuche nicht.

Jene von Joyce waren dafür deutlich: „Chef", kam sie in der ersten Pause zu mir, „wenn Du heute Abend ficken willst, hier bin ich." Ich war baff. Wir waren auf Arbeit. Hat das irgendwer gehört? Ich blieb höflich und sagte „Nein, Danke", lief schnell weiter und ging in der Menge unter. Sex ja, gerne, immer, aber nicht mit der! Doch Joyce wartete den nächstbesten Moment ab: „Du weißt ja nicht, was Dir entgeht, Großer."

Erneut lehnte ich dankend ab und präsentierte ihr meinen Ehering. Normal verstecke ich den, hier war ich froh, ihn zu haben. „Na und?", schüttelte Joyce den Kopf. „Das heißt doch, dass Du es erst recht nötig hast, Chef." Da hatte sie Recht, aber Lust auf sie hatte ich nicht. Ich brachte den Tag zu Ende und verschwand im Hotel. Am nächsten Tag nahm Joyce mit mir WhatsApp-Kontakt auf. Wie sie an meine Nummer gekommen war, weiß ich nicht, aber ihr Angebot wiederholte sich: „Wenn Du heute Lust auf Ficken hast, melde Dich bei mir."

49

Ich lehnte erneut ab, sie ließ nicht locker. Dann schrieb ich ihr: „Joyce, hör auf damit. Ich habe Dir mehrfach gesagt, dass ich keine Lust auf Sex mit Dir habe." Daraufhin schickte sie mir eine Datei. Ein Virus? Eine Drohung? Ich öffnete anonym. Was ich sah, verschlag mir die Sprache: ein 20-sekündiger Sex-Clip von Joyce. Gefilmt in Nahaufnahme aus der POV-Perspektive einer Frau, wie Joyce ihr die Mumu leckte. So ein Luder! Bevor ich antwortete, kam ein zweiter Clip. Ich öffnete erneut. Joyce masturbierte. 25 Sekunden lang. Stöhnend in die Cam. Ihr Körper war übersät von Tattoos und Piercings.

Normal war die Frau nicht! Trotzdem machten mich die Clips höllisch an. Ich wollte ihr schreiben, dass sie damit aufhören solle, da kam Clip 3 an. 69er-Frauensex. Joyce und Lady X verwöhnten sich gegenseitig, seitlich gefilmt mit Stativ. Diesmal nur ein 5-Sekunden-Clip. Verdammt, ich will mehr davon, schoss es mir durch den Kopf. Trotzdem sagte mein Verstand „Nein!!". Irgendwann lauerte mir Joyce auf und zog mich zur Seite. „Und, hat Dich das überzeugt, Langer?"

Dann ging sie. Ich fühlte mich gemobbt, gebosst, bedroht, gedisst, als sexuelles Opfer. Ich bekam Angst vor ihr: vor der 1,60 m kleinen, 45 kg leichten Joyce. Ich konzentrierte mich auf meine Arbeit, ehe mein Smartphone erneut vibrierte. Ein weiteres Video war gekommen. Erneut ein Lesben-Clip. Vibrator in Pussy. Joyce war die Geberin. Diese 9 Sekunden waren scharf. „Und?....." kam hinterher. Ich fasste Mut: „Wenn Du es nur mit Frauen treibst, was willst Du von mir?", konterte ich. Ihre Antwort ließ nicht lange auf sich warten. Ein weiteres Video lud hoch. Cumshot! Sie wichste einen dicken Schwanz in ihr Gesicht aus. Gefilmt von oben. Von ihm. Es spritzte sie voll.

Sie genoss es. Clip-Ende. Wahnsinn! Damit hatte sie mich im Sack. Ich gehörte ihr, mit Haut und Haaren. Ich konnte nur noch „Wann und wo?" antworten. „Bei mir, 20 Uhr", kam zurück. Ich hatte mich verführen lassen von einer Wahnsinnigen. Was würde sie alles mit mir anstellen? Ich fuhr zur Adresse und klingelte. Eine nackte, an der Kette gehaltene Frau öffnete. Ich war schockiert. Wer ist das?! Und was geht hier ab?! Devot führte sie mich ins Wohnzimmer, wo Domina Joyce mit Peitsche, in Lack und Leder auf mich wartete.

Ich brachte ein eingeschüchtertes „Hallo" heraus, schon dominierte sie mich: „Knie Dich nieder!" Tat ich sofort. „Küss mir die Füße!" Tat ich. Ihre Lederstiefel schmeckten nach Lack. Eklig. „Leck sie!" Tat ich. Ich hatte Angst vor der Geheimnisvollen, keine Lust auf Peitschenhiebe. Joyce hatte sich wohl einen konkreten Plan für diesen Abend zurechtgelegt, denn sie wusste genau, was und wie sie es tat. Ich lag ihr zu Füßen. Ich, der Millionär und Womanizer. Sie zwang mich in einen Käfig hinein. Ich durfte nicht mal mein Sakko ablegen. Sie sperrte ab und lachte laut. Horror! Ich befand mich in einem Horror-Movie.

Dann befahl Joyce der hübschen, nackten Unbekannten, sich breitbeinig aufs Sofabett zu legen. Sie bekam eine schwarze Maske übergestülpt. Die Exekution stand an. Diese kam in Form einer Dildopistole. Ein künstlicher, adernstarker Riesenschwanz schoss pistolentechnisch immer wieder in die Möse der Unbekannten. Tempo und Stärke regelte Joyce über einen Regler. Das Opfer stöhnte laut und ließ sich bumsen. Wehren konnte sie sich nicht, da Joyce ihr Hände und Füße angebunden und fest verschnürt hatte. Die forcierte Vergewaltigung lief.

Ich musste zuschauen. Eigentlich war es ja keine, sondern Sex, dem beide so zugestimmt hatten. Wo einer dominant ist, ist der andere unterwürfig. Die Maskenfrau nahm die Stöße gut weg und hielt viel aus. Ihre Mumu war längst geschwollen und Joyce hatte Vergnügen bei ihrer grausamen Arbeit. Irgendwann begann der nackte Körper zu winseln, doch Joyce kannte keine Gnade. Sie holte eine zweite Dildopistole hervor, die hatte einen noch größeren Dong. Ich konnte kaum hinsehen, wie dieses Teil in die blanke Pussy eindrang.

Bei diesem Gejaule mussten die Wände extradick sein, sonst würde die Polizei anrücken. Irgendwann ließ Joyce Gnade vor Recht ergehen und von ihrer Gespielin ab. Nun drehte sie sich zu mir um. Ich erschauderte. „Ich bin mal gespannt, ob das Ding auch in deinen Arsch passt." Dieser Satz tat mir überhaupt nicht gut. „Ich flehe Dich an, Joyce, lass mich hier raus. Ich will weg. Ich werde keinem erzählen, was Du hier treibst. Aber bitte, lass mich in Ruhe", winselte ich. „Nein!", brüllte sie. „Du bist gekommen, also wirst Du alles mitmachen, was ich vorhabe. Hahaha!" Ich begann zu weinen. Innerlich wie äußerlich.

Sollte man meinen geschundenen Leichnam finden, wie würde Andrea darauf reagieren? Dann würde sie Bescheid wissen, was für einer ich war. Andererseits: Ich werde hier ja vergewaltigt, gegen meinen Willen festgehalten, also bin ich das Opfer. Sie würde dann wohl Mitleid mit mir haben. Ich hatte keine Zeit zum Nachdenken, denn Joyce öffnete den Käfig und befahl mir, herauszukriechen. Tat ich. Winselnd. „Zieh Dich aus!" Tat ich. Allerdings war ich nicht in Sexlaune, sondern bibberte um meine Gesundheit. „Gefällt sie Dir?", fragte Joyce und deutete auf den missbrauchten Frauenkörper auf dem Sofa.

„Ja." „Leck sie." Ich kroch rüber und begann, die hübsche Unbekannte zu lecken. Ihre Pussy schmeckte wund und blutig. Andererseits war ihr Körper sehr schön. Ich schätzte ihn auf 25. Meine Zungenspiele entschädigten die Mystery Woman sehr, denn ich hörte sie freudvoll stöhnen. Nachdem sie so malträtiert worden war, hatte sie diese Belohnung verdient. Nackt kniete ich vor ihrem Becken und schenkte ihr mit meiner Zunge und Fingern schöne Gefühle. Joyce verhielt sich auffällig ruhig. Ich musste prüfen, was los war. Ich drehte mich um. Sie saß auf einem Sessel und fingerte sich einen.

Ihr war es nicht unangenehm, dass ich sie anstarrte, das erregte sie sogar. Nun begann auch sie zu stöhnen. Gut, dann wird das hier wohl ein Stöhnduell zwischen der Unbekannten und Joyce. Soll mir Recht sein. Ich weiß auch, wer dieses Battle gewinnt. Meine Zunge machte ernst. Katjas Lecktechnik war der entscheidende Faktor. Damit schenkte ich meiner Partnerin 3 Orgasmen. Glücklich atmete sie tief aus. Alle Muskelanspannung war weg, sie schwebte auf Wolke Sieben. Beeindruckt lugte Joyce mich an.

Sie war zwar auch gekommen, aber meine Cunnilingusorgasmen waren besser als ihr Fingerorgasmus. Neidisch band sie die Maskierte los und riss ihr das Gesicht frei. Mit hochrotem Kopf schaute mich die Blonde dankbar an. Sie sagte nichts, durfte sie wohl nicht. „Du kannst das scheinbar verdammt gut mit Deiner Zunge", dominierte mich Joyce. „Zeig mir, was Du kannst. Aber wehe, ich bin nicht zufrieden, dann peitsche ich Dich aus, kapiert?" Ich hatte kapiert. Joyce hatte mich herausge-fordert, in einem Spiel, das ich nicht verlieren kann.

Ich nahm diese Challenge gerne an. Nackt legte sie sich dorthin, wo eben noch Miss Unbekannt lag. Diese saß nun auf Joyces Stuhl. Und schaute zu. Ich betrachtete den volltätowierten sowie -gepiercten Körper unter mir. Schön war er, aber missbraucht. Joyce hatte stehende Brüste, eine schlanke Silhouette, zarte Beine und eine reizende Muschi, die mit viel Metall statt Schamhaarstrich dekoriert war. Muschi ist Muschi, mit oder ohne Metall! Denn Schamlippen und Klitoris hat jede Frau, und ich weiß verdammt noch mal, wie man diese Körperteile stimuliert. So war es kein Wunder, dass Joyce sofort Wirkung zeigte, als meine Zunge mit, an und in ihr spielte.

Um alles noch reizvoller zu gestalten, rief ich die Stuhlsitzerin herbei. Ich signalisierte ihr, Joyce an Händen und Füßen anzubinden. Flink erledigte sie ihre Arbeit. Joyce ließ es zu. Sie öffnete einmal kurz die Augen, dann schloss sie sie wieder und erlebte auch schon ihren Orgasmus. Die Maske bekam sie auf, gerade als sie tief stöhnte. Nun war Joyce unser Opfer. Damit hatte die Wahnsinnige nicht gerechnet. Nun sollte sie einiges abbekommen. Ich leckte weiter, bis Joyce ein zweites Mal kam.

Dann zeigte ich auf Dildokanone 1. Die Eingeschüchterte verstand: Sie sollte damit Joyce ficken. Die Blonde traute sich nicht. Ich umso mehr. Ich griff zu und schaltete den Stoßpegel ein. Joyce kapierte zu spät. Nach allen Regeln der Kunst wollte sie sich befreien, doch hatte keine Chance. Zu fest war sie festgebunden. Ich stöpselte das Ding in ihre Pussy und ließ es stoßen. J schrie und litt, da musste sie nun durch. Die hübsche Devote lächelte und empfand Genugtuung.

Joyce konnte viel ab, mittlerweile schoss die Pistole auf Hochtouren. Ihre Hände waren längst Fäuste, ihre Zehen eingekrallt. Sie benötigte all ihre Kraft, um die Stöße auszuhalten. Die über 20 cm verschwanden immer wieder in ihrer Höhle. So breit wie der Kunstpenis war, spannte er ihre Vagina auf. Nach 8 Minuten gönnte ich ihr eine Pause. Joyce tobte und schrie uns an. Doch ich beruhigte sie mit Zungenspielen. Nun stöhnte sie. Gut. 1 Orgasmus später lag eine gefährliche Stille in der Luft, denn ich hatte zur zweiten Dildopistole gegriffen, noch größer, dicker und länger. Als ich den Motor anschaltete und das Ding mit Ach und Krach in Joyce hineindrückte, winselte sie heftig.

Ist das noch Lust oder schon Körperverletzung, fragte ich mich. Da sie aber dasselbe mit ihrer Sklavin gemacht hatte, empfand ich es als gerecht. Ob es tatsächlich Genuss für sie war, weiß ich nicht, denn sie jaulte schon ordentlich. Andererseits bildete ich mir ein, dass sie mittendrin einen Höhepunkt hatte. Ihre Pussy war kurz vorm Platze, also legte ich das Folterwerkzeug beiseite und entschuldigte mich wieder mit heißen Zungenspielen. Aus dem Jaulen wurde Stöhnen. Ich beherrschte sie. 10 Minuten später hatte ich ihr weitere 2 Orgasmen geschenkt.

Joyce war fertig, das spürte ich. Ich lockerte ihre Fesseln und zog ihr die Maske vom Kopf. Sie war gebrochen und hatte mir nichts mehr entgegenzusetzen. „Los, hinein mit Dir in den Scheißkäfig!", brüllte ich. Die Peitsche in meiner Hand überzeugte sie. Wortlos kroch sie in die Zelle. Ich sperrte ab und hing ich eine Decke über den Käfig, sodass Joyce nicht nach draußen blicken konnte. Erschöpft setzte ich mich und ruhte mich aus. Ich hatte mich in die Höhle der Löwin begeben, diese aber besiegt.

Wenn meine Gattin wüsste, was ich gerade erlebe, würde sie mich foltern. Zum Glück weiß sie es nicht. Die Stumme setzte sich zu mir, streichelte meinen Kopf, sprach kein Wort. Hatte Joyce ihr die Zunge herausgeschnitten?! Ich genoss ihre liebevollen Hände. Ich begann zu weinen. Tränen kullerten über meine Wangen. Trost fand ich, als die Hände der Sklavin immer tiefer glitten. Bis sie meinen Penis in der Hand hatte. Zum ersten Mal an diesem Abend wurde er richtig steif. Nun bekam ich Lust. Wortlos trug ich den geschundenen, aber schönen Körper aufs Sofabett. Joyce sollte uns dabei zuschauen müssen.

Also hing ich die Decke weg und blickte Joyce in die Augen. Sie waren traurig und glücklich zugleich. Sie sagte kein Wort. Stolz strollte ich auf die Blondine zu und begann das Liebesspiel mit ihr. Sehr zärtlich, sehr erotisch ging es zur Sache. Wir knutschten uns geil, ich streichelte sie, sie streichelte mich. Dann drang ich behutsam in sie ein. Kondome hatte ich welche dabei. Genussvoll hatten wir wundervollen Sex. Die Blondine klammerte sich fest an mich, als ich sie als Missionar beglückte. Sie ritt frontal zu Joyce, sodass die alles genau verfolgen konnte. Neidisch war ihr Blick, schon wieder fingerte sie sich.

Flehend zeigte sie auf die erste Dildopistole. Meine Beischläferin hatte Gnade und steckte Joyce diese zu. Nun wurde die Pistole eingesetzt. Joyce fickte sich damit selbst. Sie musste es tun, da ihre Lust sehr groß war anhand dessen, was sie live sah. Der Sex, den ich mit der Unbekannten hatte, war fantastisch. Dann wieder ich oben. Ich stieß nicht zu hart zu, da ihre Muschi ja schon ordentlich strapaziert worden war. Irgendwann spritzte ich ab. Es war ein krasser Orgasmus, eine Mischung aus Lust, Leid und Druck. Alle lag ich da und ließ mich von meiner Gesellin ausstreicheln.

Normalerweise will ich zweimal, besser dreimal kommen. Diesmal reichte mir das eine Mal aus. Duschen wollte ich in meinem Hotel. Ich zog mich an, küsste die Blondine auf den Mund und verließ die Wohnung. Joyce blickte mir hinterher, die Dildopistole stark arbeitend in ihr. Ich hatte das Monster gefangen genommen und besiegt. Ich träumte Horror: Joyce peitschte mich aus, ich bekam das Ding in meinen Arsch, sie quälte mich, spielte mit Lust und Schmerz. Schweißgebadet wachte ich um 7 Uhr auf und musste erneut duschen. Auf zur Arbeit. Dort lief ich Joyce über den Weg. Sie tat so, als wenn nichts passiert wäre. Sehr professionell.

In der Pause nahm sie mich zur Seite: „Du kommst heute, oder?" „Ich weiß nicht", stammelte ich. „Biggi ist auch da", lockte sie. „Na gut", bestätigte ich. Ich hatte mich verleiten lassen. Diese Teufel hatte mich überlistet. „Aber bitte treib es nicht so brutal wie gestern, Du hast mir echt Angst gemacht." Diesen Nachsatz ignorierte sie lächelnd und bog ab. Der Arbeitstag war hart. Je näher der Abend rückte, desto aufgeregter wurde ich. Zum einen bekam ich Angst, zum anderen wurde ich geil.

Als ich um 20 Uhr bei Joyce klingelte, öffnete mir die Blondine wieder. „Biggi?" Sie nickte. Sie war nackt, wurde an der Leine gehalten. Trug einen Hundemaulkorb. Geht's noch?! Biggi führte mich ins Actionzimmer, wo Joyce wartete. Doch diesmal lernte ich eine andere Joyce kennen. Nicht die Punisherin, sondern die Kuschelmaus. „Mach mit mir das, was Du gestern mit ihr gemacht hast", flüsterte sie und lockte mich auf die Actionwiese. Leider durfte Biggi nicht mitmachen. Sie musste in den Käfig und zuschauen.

Sinnlich starteten wir das Liebesspiel. Joyce küsste zärtlich und genoss meine Hände an ihrem Körper. Sie wollte geleckt werden. Ich schenkte ihr 2 Orgasmen. Dann wollte sie mich blasen. Sie konnte das gut. Ihr Metall-Blowjob war anders, aber geil. In ihrer Zunge steckte eine Blecharmee. Damit würde sie keine Flughafen-Sicherheitskontrolle passieren. Sie blies freihändig. Mit Hand mag ich lieber, aber es war gut genug. Dann schnippste sie ein Kondom hervor. „Fick mich", hauchte sie mir ins Ohr. Tat ich. Seitlich von hinten, weil es sich gerade gut anbot.

Auch, weil Joyce einen schönen Po hatte. Er war voll tätowiert, aber immer noch form- und griffschön. Ich fickte sie sinnlich, Nähmaschine und Presslufthammer hielt ich im Sack. Joyce liebte es, so verwöhnt und gefüllt zu werden. Dann wollte sie reiten. Mal schnell, mal langsam. Biggi wurde ganz nervös in ihrer Kammer, zu gerne hätte sie teilgenommen, aber konnte nicht. Armes Ding. Mir war klar: Ihre Stunde würde später noch schlagen.

Langsam wurde ich nervös. „Du, ich möchte kommen", knackste ich Joyce ins Ohr. Die Vielfarbighaarige bat mich, als Missionar meine Aufgabe zu erfüllen. Auf ihr liegend übte ich die entscheidenden Züge aus und kam. Küssend hauchte ich ihr meinen Orgasmus in den Mund. Ich war happy und überrascht, nun auch die „normale" Seite von Joyce kennengelernt zu haben. Sie gefiel mir deutlich besser als die unberechenbare, kranke, perverse … aber dennoch geile. Wir ruhten uns Arm in Arm aus. Als ich Biggis traurigen Blick sah, war mir klar: Hier muss gehandelt werden. Ich öffnete den Käfig. Biggi kroch heraus und umarmte mich.

Sprechen durfte sie nicht. „Komm zu mir", lenkte Joyce sie aufs Bett. Ich gesellte mich dazu. Es war Kuscheltag, nicht Krawalltag. Joyce hatte Lust auf Zärtlichkeit. So kam es, dass ich in der Mitte lag und links und rechts eine Frau im Arm hatte. 10 Minuten später lag Joyce in der Mitte und hatte Biggi und mich im Arm. Wieder 10 Minuten später war Biggi die Mittige. Plötzlich knutschten Joyce und Biggi in der 69er. Joyce oben, Biggi unten. Beide kamen. Zuerst erlebte Joyce ihren ruckeligen Höhepunkt, dann kreischte Biggi. Schreien konnte sie, nur sprechen nicht.

Mein Steifer signalisierte beiden, dass ich mehr wollte. 1 Orgasmus reicht mir nur selten, hier und heute musste ein zweiter her, und zwar ein doppelter. Joyce und Biggi kümmerten sich als Schwestern um meinen Thor. Während die eine ihn blies und streichelte, küsste mich die andere. Während mich die andere blies und streichelte, küsste mich die eine. Biggi konnte sehr gut blasen, Joyce konnte sehr gut blasen. Ich wollte es spannender machen: „Stopp! Wer mich zum Orgasmus bringt, bekommt danach eine schöne Massage von mir." Beide griffen sofort zu und wichsten ihn, doch kapierten die Regeln nicht.

„Stopp!", ging ich dazwischen. Beide schauten mich an. „Ihr macht ab jetzt abwichselnd, also abwechselnd weiter. Jede im 15-Sekunden-Takt. 15 Sekunden Joyce, 15 Sekunden Biggi, 15 Sekunden Joyce, 15 Sekunden Biggi. Diejenige, die mich innerhalb ihrer 15 Einheit zum Abspritzen bringt, darf es zu Ende machen und bekommt die Belohnungsmassage. Habt Ihr verstanden?" Beide nickten und griffen sofort zu, doch sie kapierten die Regeln immer noch nicht. „Stopp!", ging ich abermals dazwischen.

Mir war eine geile Idee gekommen: „Ihr macht abwechselnd weiter. Jede im 15-Sekunden-Takt. Aber auch ich beteilige mich. 15 Sekunden Joyce, 15 Sekunden Biggi, 15 Sekunden ich, 15 Sekunden Joyce, 15 Sekunden Biggi, 15 Sekunden ich. Diejenige, die mich innerhalb ihrer Zeit zum Abspritzen bringt, bekommt die Belohnungsmassage. Bin aber ich selbst derjenige, der es über die Ziellinie schafft, gehört Ihr beide morgen mir. Dann wird morgen nur das getan, was ich will, ohne Wenn und Aber." Damit waren beide Luder einverstanden.

Während der Diskussion war mein Penis etwas zusammengesackt, doch schnell wurde er steif, als Joyce den Wettbewerb startete. Sie nahm ihn in ihren ersten 15 Sekunden in den Mund. Davon war zwar nicht die Rede gewesen, aber ich hatte nichts dagegen. Mein Smartphone lag mit dem Timer neben uns, alle 15 Sekunden läutete es den Wechsel ein. Auch Biggi blies, doch schon war ich dran. Ich knetete meinen Stick stickig. Dann übernahm Joyce und wichste. Auch Biggi wichste. Ebenso ich. Geheimnis: Ich kann kontrollieren, wann und wie ich komme. Klappt nicht immer, aber oft.

57

Meinen Orgasmus kann ich hinauszögern, wenn es darum geht. Genau das tat ich. Beide Damen wollten die Massage gewinnen, natürlich auch besser als die andere sein. Zickenkrieg und so. Ich wusste, dass ich den Schlüssel zum Schloss in meinen Händen hielt. So ließ ich beide ein paar Takes arbeiten, dann bereitete ich mich auf meinen Höhepunkt vor. Biggi wichste nun extrem schnell und bereitete diesen sauber vor. Ich griff zu und schoss nach 8 Sekunden mein Sperma heraus. Beide staunten. Genussvoll wichste ich aus und strahlte. „Ihr habt verloren. Ich bin der Sieger. Morgen gehört Ihr beide mir."

Sie sahen es ein und waren glücklich und traurig zugleich. Glücklich, weil sie nicht wussten, mit welchen Fantasien ich auf sie zukommen würde, sowie traurig, weil sie schlechter gewichst hatten als ich. Als Champ gönnte ich mir nun die Massage, die mir beide schenkten. Über 30 Minuten streichelten und massierten sie meinen adonisierten Körper, bis ich ins Hotel düste. Dort überlegte ich mir meinen Schlachtplan für den Folgeabend. Schlafen. Aufstehen. Frühstücken. Arbeiten.

Joyce verhielt sich normal. Wenn die wüsste! Endlich Feierabend! Ich machte mich schick, rief meine Frau per Video an und erzählte ihr von einem „Firmenessen", auf das ich geladen war. Meine Gattin und meine Kids wünschten mir guten Appetit und schicken mir viel Liebe rüber. Mit dieser Liebe fuhr ich zu Joyce. Ich klingelte, die Dienerin öffnete. Nackt, wie immer. Sie führte mich ins Wohnzimmer. Dort startete ich meine Show. „So, Ladies, heute ist mein Abend. Ich bestimme, was geschieht. Ihr müsst alles mitmachen. Ausnahmslos.

Wer sich weigert, wird massivst bestraft." Beide Frauen nickten. Beide Frauen wussten nicht, was geschehen würde. Sie waren sexy und geil. „Zuerst möchte ich eine Lesben-Show. Ihr bedient Euch gegenseitig mit den Dildopistolen. Gleichzeitig. Legt Euch gegenüber, dann legt los." Beide gehorchten. Joyce war es, die sich sofort den dickeren, längeren Dildo schnappte. So legten sie sich hin, nebeneinander, Haut an Haut. Kopf an Füße, Füße an Kopf. Los ging´s! Beide schossen sich die Dildos rein. Beide stöhnten laut. Mir gefiel das Spiel. Ich beobachtete beide stehend von oben. Dann zog ich mein Smartphone hervor und drückte aufs Knöpfchen.

„Was machst Du?", stöhnte Joyce. „Ich filme", antwortete ich. „Wieso?" „Weil ich es will." „Vielleicht will ich es aber nicht", keuchte Joyce. „Mir egal. Heute bestimme ich, das habe ich mir erspielt. Keine Diskussion. Und jetzt, fickt Euch weiter." Joyce hatte keine Chance zu widersprechen. Die devote Biggi protestierte nicht, sie war ja dazu erzogen, alles mit sich machen zu lassen. Die Damen verspürten immer mehr Lust und Schmerz, denn die beiden Dildos waren fett, dick und lang. Ordentlich geadert und mit starken Motoren versehen. Alle 4 Schamlippen waren mächtig gedehnt. Biggi war die Erste, die kam. Schreiend und wimmernd zugleich nahm sie ihren Orgasmus hin. Auch Joyce wollte erlöst werden.

Dazu gab Biggi ihrem Teil volle Power. Joyces Körper wurde durchgerammt. Mit Tränen in den Augen fand sie so ihre heilige Erlösung. Beide schnauften aus und brauchten eine Pause. Die gönnte ich ihnen. „Jetzt tauscht Ihr das Equipment und besorgt es Euch erneut." „Gnade", bat Joyce, doch ich heiße nicht Gnade. Nun war es Joyce, die noch härter bedient wurde. Sie bekam den Supermonsterknüppel rein. Biggi den Monsterknüppel. „Los!", kommandierte ich. Während sie sich gegenseitig fickten, hatte ich Lust, mitzumachen. Ich wurde zum Küsser.

Zuerst knutschte ich mit Biggi, dann mit Joyce. Beide schmeckten anders, trotzdem gut. Beide atmeten ihre Erregung in meinen Mund. Beide sollten kommen, während ich sie zungenküsste. Funktionierte. Zuerst kam B. Ihre Muschi krampfte und sie stöhnte ihre Lust Zahn an Zahn in meinen Mund hinein. Nun wechselte ich zu Joyce. Als sie kam, biss sie mir aus Verzweiflung in die Zunge. Autsch!

Meine Ohrfeige war eine Spontanreaktion, ich konnte nicht anders, ein Reflex, der einfach geschah. Ihre Backe wurde rot, doch sie beschwerte sich nicht. Ich glaube sogar, sie fand es geil. Als wir uns beruhigt hatten, schritt ich weiter zum nächsten Programmpunkt: „So, jetzt bin ich an der Reihe. Ich will ficken. Joyce, knie Dich hin. Gut so. Biggi, Du hockst Dich über Joyce und beugst Dich nach vorn, sodass Eure Ärsche übereinander sind. Gut so. Geil. Jetzt ficke ich Euch abwechselnd." Sagte ich und streifte mir ein knallrotes Kondom über. Zuerst kniete auch ich und bediente die untere, Joyces Möse.

Dann stand ich auf und stöpselte in Biggi ein. So fickte ich die beiden Empfängerinnen 10 Minuten lang. Mal unten, mal oben. Beide Ärsche gefielen mir. Joyces war klein und tätowiert, Biggis runder, formschön und niedlich. Als ich kam, fiel mir ein, dass ich Depp vergessen hatte, das Spektakel aufzunehmen. Ich ärgerte mich wie der Schwarze Peter. Nun waren die Ladies dran, aktiv zu werden. Ich hatte mir etwas Interessantes überlegt. Joyce hatte schöne, große Stühle. Ich befahl ihr, sich auf 2 dieser Stühle zu legen, und zwar so, dass ihre Mumu frei blieb. Ihre Beine und Füße ruhten auf Stuhl 1, ihr Oberkörper auf Stuhl 2. Sie lag bäuchlings.

Ihr Gesicht bekam ein Polster. Die Stühle waren 60 cm hoch, genug Platz für Biggi, runter zu kriechen und Joyce Pussy zu verwöhnen. Auch für mich war da unten noch Platz. Und ich hatte etwas Besonderes dabei: das Womanizer Toy. So starteten wir diese Session mit guter Laune, denn Joyce erlebte schnell, wie gut der Womanizer arbeitet. Ich hielt ihr das Ding von unten hin, während Biggi Joyces Schamlippen aufhielt und ihre Klitoris freigelegt hatte. Joyce atmete intensiv, während Biggi und ich auf kuscheligen Decken lagen und knutschten.

Nun durfte Biggi Hand anlegen und Joyce mit dem Womanizer beglücken. Der pulsierte auch Metall mit, Joyces Pussy hatte davon ja einiges zu bieten. Ihre Piercings waren schön, aber etwas viel. Mit der einen Hand masturbierte Biggi Joyce, mit der anderen mich. Ich war gerade eben gekommen, also tat es einfach nur gut. Steif wurde er, aber erneut abspritzen wollte er erst später. Da, plötzlich wurde Joyce sehr unruhig. Sie kam! Heftig zitterte ihr Freiluftbecken, sie fiel fast von den Stühlen.

Ich sicherte den Griff und hielt ihr den Pro gnadenlos an ihre Stecknadel. Aus 1 wurde 2. Aus 2 wurde 3. Mehrere Orgasmen erlebte die Wechselhaarige in dieser Position, ehe sie das Zeichen gab, es sei jetzt genug. Erschöpft kletterte sie von den Stühlen und hielt sich das Kreuz. „Das waren geile Orgasmen!" Solche durfte auch Biggi erleben. Dasselbe Spiel, dasselbe Ergebnis: Biggi kassierte 3 Höhepunkte und war begeistert. Nun war ich an der Reihe, den Stuhlkönig zu spielen. Selten zuvor habe ich mich in so einer Position abmelken lassen. Bei 2.000 Frauen, die ich mittlerweile im Bett hatte, vielleicht 10 Mal.

Mein Penis hing halbsteif hinab, während beide Ladies es sich unter mir gemütlich machten. Was folgte, war heiß: Ihre Berührungen waren so Wahnsinn, dass ich mein Smartphone im günstigen Winkel für die Aufnahme platzierte. Beide akzeptierten es, schließlich war es mein Abend. Da lag ich und genoss die Zärtlichkeiten. Mir wurde klar: Diese Position ist eine besondere! Die wollte ich öfter haben. Zwar etwas unbequem, da zwischen Stühlen, aber umso geiler ließ ich mich von 4 Händen streicheln und liebkosen. Mir die Eier kraulen, Poschlitz und Prostata stimulieren, mir meinen Penis masturbieren und melken.

Auch ein Mund kam zu Einsatz: Es war Biggi, die mich von unten nach oben blies. Ich spürte meinen Orgasmus kommen. „Ahh!", knurrte ich. Biggi molk mich und verteilte meinen Samen auf Joyces tätowiertem Körper. Als ich alle war, war ich doch noch nicht alle, denn mein Penis blieb steif. Dies war Zeichen genug für Joyce, ihre Chance zu ergreifen. Sie ergriff den Dong und startete Masturbationsrunde 2. Joyce molk mich anders als Biggi. Sie nutzte beide Hände und zog ihn lang nach unten weg. Beide Hände im schnellen Wechsel. Biggi hatte nur mit einer Hand gearbeitet, und mit Drehbewegungen. Ich war in Stimmung für meinen dritten Orgasmus.

Dieser kam 3 Minuten später und landete in Joyces gepierctem Mund. Erschöpft ließ ich die Stühle hinter mir und schmiss mich aufs Sofa. Beide Grazien folgten. Nach Kuscheln und Ausruhen packte ich meine Sachen und ging. Die Woche verging zu schnell. Die Arbeit lief erfolgreich und fand ihren krönenden Abschluss. Die Abende mit Joyce und Biggi waren speziell. Jeder verlief komplett anders. Ich erlebte einige Dinge, die ich zuvor noch nie erlebt hatte.

Joyce befahl uns z.B. ein Spiel mit heißem Kerzenwachs und Strom, mir Sex mit einem anderen Mann. Ich zog es durch, hätte ich sonst nie gemacht, aber wir trugen Masken und sahen schwarz. Wir fickten uns aber nicht, sondern holten uns gegenseitig einen runter. Sein Dong war deutlich länger als meiner. Er fühlte sich schwarz an. Beschnitten war er, dick wie eine Eiche. Wir standen nebeneinander und mussten uns gegenseitig wichsen. Er kam zuerst. Ja, ich bin ein guter Handakrobat. Dann kam ich. Seine Finger waren lang, hatten einen guten Grip.

Eine Szene war auch krass: Wir Männer fickten beide Frauen gleichzeitig. Zuerst Doggy. Ich die Biggi, das konnte ich an der Form ihres Hinterns spüren. Dann ritten uns die Ladies. Hier war es Joyce, die mich erlöste. An einem Abend, den Joyce ausrichtete, ging es um Selbstbefriedigung. Hier mussten wir uns selbst vor den anderen zum Höhepunkt bringen. Das Berühren anderer Körper war verboten. Joyce hatte keine Schamgrenze und masturbierte nach allen Regeln der Kunst. Auch Biggi traute sich und kam zu 5 Orgasmen am Abend. Joyce war Spitzenreiterin mit 8. Ich schaffte es zu 3 Highlights.

Am letzten Abend hatte ich mir wieder mein Recht erkämpft, alle Vorgaben zu stellen. Ich wiederholte das Spiel mit den Stühlen für alle. Danach befahl ich einen Handjobkreis. Wir saßen im Kreis nebeneinander und stimulierten uns gegenseitig mit den Händen. Ich Joyce, Joyce Biggi, Biggi mich. Ich kam zuerst. Biggis Handjob war sensationell. Ich schoss Joyce voll, die darauf sofort kam. Schließlich kam Biggi. Höhepunkt des Abends war eine Session im komplett Dunkeln. Im Schlafzimmer zog Joyce alle Rollläden hinunter, kein Licht drang mehr ein. Dann ging es auf dem Bett ab. Es war überaus sinnlich. Ich wurde geritten, geblasen, gewichst, gestreichelt. Von 4 Händen, 2 Mündern, 2 Körpern.

Ich kam einmal in einen warmen Mund, nur Gott weiß in welchen. Das andere Mal spritzte ich ab, wohin weiß auch nur Gott. Ich versprach beiden, bald wieder ein Projekt in Kempten zu übernehmen, sodass wir das Abenteuer fortsetzen können. Zurück in Munich musste ich Andrea in die Stuhltechnik einführen. Als ich sie so zum Orgasmus brachte, meinte sie nur: „Etwas unbequem, da macht entspannt auf dem Rücken mehr Spaß. Das ist nichts für mich." Ich war enttäuscht, aber nicht jeder mag alles. Akzeptiert.

Dafür genoss ich ihr Abmelken. Andrea konnte das sehr gut. Sie fand schnell den richtigen Griff und eine gute Technik und ließ mich den Boden vollspritzen. Ich liebe Abmelken und besuche seitdem regelmäßig Erotikmassage-Salons, die Melktische haben. Viele gibt es nicht in München, aber es ist jedes Mal eine einzigartig, geile Erfahrung. Kann ich nur empfehlen!

Holen wir das Triple!

Meine Affäre mit JJ spielte sich während meiner Robinsonzeit ab. Ich war 1,5 Jahre Sportanimateur in Soma Bay, Egypt. Dort verschlang ich über 100 Ladies und hatte den Nickname „Womanizer of Soma Bay". Meine Kolleginnen waren also gewarnt, doch viele konnten mir nicht widerstehen. Einfacher war es mit weiblichen Gästen. Die kamen und gingen, ich hatte Abwechslung, war frei wie ein Vogel und kein Problem mit Liebesallüren. JJ kam eines Tages als Sportkollegin dazu. Sie war ein aufgeschlossenes 22-jähriges Girlie, rotlanghaarig mit sexy Body.

Sie war sofort der Blickfang im Team. Alle freien Jungs wollten sie. Schnell stellte sie klar, dass sie kein Lustobjekt und hier zum Arbeiten und Gäste unterhalten, nicht zum Ficken sei. Das verstanden die Jungs nicht, mussten es aber lernen. JJ hatte ihr Psychologiestudium abgebrochen und brauchte eine Auszeit, um sich neu zu sortieren. Ihr schwebte ein Sportstudium vor. Gute Idee bei dem sportlichen Körper. JJ war etwa 1,72 m groß und wog um die 53 kg.

Gerne zeigte sie viel Haut und tat das, was von ihr hier erwartet wurde: Sie unterhielt die Gäste. Besonders die männlichen. Beim Sport war sie eine Attraktion, an der Bar stand sie im Mittelpunkt, auf der Tanzfläche zog sie alle Blicke auf sich. Eine Traumfrau! Mein Verhältnis zu JJ war kollegial mit Lust auf mehr – meinerseits. Meine Flirtversuche prallten allerdings an ihr ab. Auch ich musste verstehen, dass sie sich keinem Kerl hier hergeben wollte.

Nach 3 Wochen hielt sie eine interne Ansprache und bat alle Teamkollegen um Anstand: „Hört auf, mich anzubaggern. Ich habe Euch mehrmals gesagt, dass ich mit keinem von Euch in die Kiste hüpfen werde. Auch nicht mit Gästen. Ich habe einen Freund zuhause und bleibe nur 3 Monate hier. Zu kurz für etwas Ernstes oder um fremdgehen zu müssen. Mein Freund ist mein Verlobter, ich bleibe ihm treu. Verstanden?" Alle Männer nickten wütend. JJ und ich betrieben einige Sportprogramme zusammen. Dadurch, dass sie sehr gut Beachvolleyball spielen konnte, traten wir gerne als gemischtes Duo an.

Wir waren unschlagbar. Kein Gästeteam konnte uns besiegen. Auch Boccia spielten wir zusammen gegen die Gäste. Fußball spielte sie gut und gerne mit. Sie war eine begnadete Allrounderin, die ebenso gut war im Basketball. In „Mamma Mia" waren wir das Liebespaar. Dort durfte ich sie küssen. Aber nur leicht auf den Mund. Lediglich ein „Filmkuss" für die Kulisse. Immerhin. Meine Kollegen beneideten mich dafür. Ich erfuhr mehr über JJ: Sie kam aus Bonn und hatte 2 Schwestern. Eine 3 Jahre älter als sie, die andere 1 Jahr jünger als sie.

Ihre Eltern waren geschieden, er Schuldirektor, sie Lehrerin in seiner Schule. JJ bekam natürlich vom wilden Animationstreiben mit. Ich ganz vorne dabei. Wenn wir uns für den Sport umzogen und z.b. zum Volleyballplatz gingen, fragte sie mich aus, welche Dame ich aktuell beglücke oder vorhabe zu beglücken. Ich hatte kein Geheimnis vor ihr und wir verstanden uns prima. „Und für Dich, niemand hier?", fragte ich sie. „Wie gesagt: Ich habe eine Beziehung, bin verlobt. Sex hier kommt für mich nicht infrage. Nur mit mir selbst", lachte sie.

Das hätte ich gerne gesehen, traute mich aber nicht, sie zu fragen. Bei Robinson ist es für Angestellte erlaubt, Familienangehörige zu günstigen Preisen unterzubringen. Nicht für immer, aber mal für 1 Woche, wenn der Club nicht ausgebucht und Zimmer frei waren. So kündigte JJ mir die Ankunft ihrer älteren Schwester AJ an. Was all diese Initialen bedeuteten – JJ, AJ – ich weiß es nicht. Ich habe nie danach gefragt. So nannten sie sich einfach. Ihre richtigen Namen kenne ich nicht. Als mir JJ AJ vorstellte, wusste ich: Die gehört mir! AJ sah genauso aus wie JJ – nur war sie 2 Jahre älter.

AJ hatte einen ebenso sportlichen Body wie die rotlangen Haare und diesen Sexblick. Eine attraktive Frau! AJ zahlte nur 39 Euro die Nacht und durfte 1 Woche herrlich ägyptisch urlauben. JJ sah meinen gierigen Blick und nahm mich zur Seite: „Bagger ja nicht meine Sister an. Die ist genauso verlobt wie ich, tabu. Verstanden?" „Jaja", nuschelte ich, hatte ich gerade ja was am Laufen mit Gast Dunja, einer 31,5-jährigen Bankangestellten aus Mühldorf, die noch 3 Tage blieb. Trotzdem spielte ich bereits Fickkopfkino mit AJ. AJ war interessiert an der Arbeit ihrer Schwester, so war sie auch beim Volleyball dabei.

Ich setzte mich besonders gut in Szene. Und spürte ihre Blicke an mir. Abends tanzten wir. Alle Robins müssen abends tanzen, um die Gäste zu animieren. JJ und ich starteten die Tanzshow, bis andere Robins und Gäste dazukamen. Nach unserer Einlage winkte JJ ihre Schwester auf die Tanzfläche, aber die wollte erst nicht. Schwupps, schubste sie AJ in meine Richtung. Ich empfing AJ und tanzte ihr den Latino Lover vor. AJ ließ sich betanzen und machte mit. Heiß! Sie konnte sehr gut tanzen. JJ gesellte sich dazu und wir hatten Spaß. Beim Drink danach kamen AJ und ich ins Gespräch. Ich erfuhr mehr über sie:

Sie war auf dem Weg, Sportpsychologin zu werden und betrieb Vereinssport auf hohem Niveau. Tennis und Tischtennis spielte sie hervorragend, behauptete sie. Das wollte ich überprüfen, denn auch ich kann beides very good. AJ staunte. „Was hältst Du von einem Match?" „Tennis oder Tischtennis?" „Jetzt Tischtennis, morgen Tennis", antwortete ich keck. „Okay, aber bereite Dich auf Niederlagen vor." „Das werden wir sehen." Ich kam mit Tischtennisschlägern wieder. „Ich spiele mit meinem eigenen Racket", zischte AJ und düste ab.

5 Minuten später stand sie wieder vor mir. JJ hatte von der Challenge Wind bekommen und wollte Referee sein. Neben der Hauptbar standen in einem Spieleraum 2 Tischtennisplatten. Dort sollte es zur Sache gehen. Aus dem Schiedsrichterintum JJs wurde nichts, denn sie musste die Herausforderung von Gast Thommy annehmen. Seinen Wetteinsatz, bei Sieg die Nacht mit ihr verbringen zu dürfen, lachte JJ gekonnt weg. Thommy versuchte es erneut, doch JJ teilte ihm deutlich mit, dass das nicht drin sei und sie einen Verlobten habe. Thommy verstand, wollte JJ aber trotzdem besiegen.

„Hast Du mitbekommen, was Thommy wollte?", fragte ich AJ. „Ja, aber da sagt JJ Nein. Sie hat einen Verlobten zuhause. Sie erlaubt sich keinen Ausrutscher, das hat sie geschworen." „Leider", sagte ich. „Warum leider?" „Weil alle Jungs hier inklusive mir sie toll finden." „Ist halt meine kleine Schwester", grinste AJ. „Um was wetten wir?", forderte sie mich. „Wenn es nach mir ginge, AJ, dann um 1 Nacht mit Dir, aber das hat mir JJ verboten." „Echt – hat sie das?" „Ja, sie hat mir erzählt, dass Du ebenso verlobt seist und daher tabu für mich."

„Lieb von ihr, aber ich selbst entscheide, mit wem ich in die Kiste springe." „Aber Du hast doch einen Verlobten." „Ja, aber ich habe mir keine Treue geschworen so wie JJ." „Heißt das, dass Du meinen Wetteinsatz annimmst?", fragte ich gierig. „Nein, das auch nun wieder nicht. Aber reizvoll wäre es schon", kicherte sie. Wir unterhielten uns leise und mit Abstand zu JJ, wir wollten nicht, dass sie unser Gespräch hört. „Schlag etwas vor", lockte ich die 24-Jährige. „Wenn ich Dich beim Tischtennis besiege auf 3 Gewinnsätze bis 11 Punkte, zahlst Du mir alle Getränke heute noch." „Einverstanden", nickte ich.

„Wenn aber ich Dich besiege, bekomme ich 1 Kuss von Dir." „Du weißt, ich bin verlobt." „Ich weiß auch, dass Du keinen Schwur geleistet hast." „Du hast meiner Schwester versprochen, mich nicht anzubaggern." „Das tue ich ja nicht. Es ist eine Wette." „Gut, so soll es sein." Wir spielten uns ein, dann legte AJ los. Sie spielte deutlich stärker als ich. Als Vereinsspielerin kein Wunder. Der erste Satz ging 11:5 an sie. Der zweite Satz landete aber 12:10 bei mir, da ich ein paar echt gute Bälle hatte und ein wenig Glück mit 2 Kantenüberraschungen. AJ schüttelte den Kopf: „Unfassbar so viel Dusel."

Der Dusel blieb mir treu: Ich gewann den dritten Satz mit 12:10. Diesmal hatte ich 4 mächtige Schmetterbälle anzubieten. Und AJ überraschenderweise 2 Netzaufschlagfehler. Der vierte Durchgang ging klar mit 11:3 an die Rothaarige. Nebenan waren JJ und Thommy fertig: JJ hatte ihn 3:0 Sätze abserviert, sie konnte verdammt gut Table Tennis spielen. JJ sah zu, wie der fünfte Satz zum Krimi wurde. Ich lag vorn, doch AJ war konstanter. Sie gewann mit 11:8 Punkten und somit 3:2 Sätzen. AJ jubelte.

„Tja, jetzt muss ich ihr alle Drinks des weiteren Abends zahlen", erklärte ich JJ. Die lachte: „Das hast Du nicht anders verdient. Wer sich mit meiner älteren Schwester anlegt, zieht den Kürzeren." Während JJ einen weiteren Gast an der Platte zerstörte, nahm ich AJ an die Bar und bestellte ihr einen „Sex on the Beach". Das wollte ich auch. Ich stieß mit ihr an und gratulierte ihr zum Sieg. AJ kam zu meinem Ohr: „Du hast zwar verloren, aber den Kuss bekommst Du trotzdem." „Weil ich so gut gespielt habe oder weil Du mich toll findest?"

„Beides trifft zu." Ich freute mich wie ein Riesenrad. „JJ bringt mich um, wenn sie davon erfährt." „Sie wird es nicht erfahren, der Kuss bleibt unser Geheimnis", zwinkerte sie. „Wann bekomme ich den?", ging ich drauf. „Wenn Du magst, jetzt." „Ja, ich mag, aber nicht hier. Uns darf keiner sehen, schon gar nicht Deine Schwester." Ich beschrieb AJ den Weg zum Wertstoffhof. Da war um diese Uhrzeit keine Sau mehr. AJ verstand und folgte mir verzögert. 5 Minuten später standen wir uns gegenüber.

„So, nun bekommst Du Deinen Kuss", flüsterte sie und kam auf mich zu. Ihre kurze Hot Pants zeigte viel Bein. Sexy Bein! Ihre Brüste lachten mich stehend an. Ihre Augen strahlten. AJ küsste mich auf meine linke Backe, ganz nah am Mund, aber nicht auf den Mund. Zärtlich. Aber kurz. Dann zog sie zurück. „Wie bitte?", blickte ich AJ entsetzt an. „Das war´s schon? Ein Wangenkuss?" So einen habe ich schon beim ersten Hallo von Dir bekommen. Auf die Backe gilt nicht. Als Wetteinsatz war ein richtiger Kuss gemeint." „Du weißt, ich bin verlobt."

„Und Du weißt genau, was für ein Kuss gemeint war." „Du hast die Wette verloren, Du hast kein Recht auf Einforderung eines richtigen Kusses. Dass ich Dir einen gegeben habe, war pures Entgegenkommen von mir." Im Grunde genommen hatte sie Recht. Ich ließ meinen Kopf fallen. Enttäuscht blickte ich zu Boden, dann sie an. „Ist ja schon gut, Deinen leidenden Dackelblick kannst Du einstellen", lächelte sie und kam erneut auf mich zu. Was folgte diesmal? Ein richtiger Kuss! Zärtlich nahm AJ meinen Kopf in ihre Hände, streckte sich hoch und drückte mir einen echten Kuss auf. Einen sensitiven. Einen gefühlvollen. Lippen auf Lippen. Ich genoss es und küsste mit.

Der Kuss dauerte 2 Minuten. Mit Zunge, die sie mit ins Spiel brachte. Ich wurde geil. AJ war geil. Leider fand dieser Kuss ein Ende. Wir atmeten tief aus und öffneten unsere Augen. Schauten uns an. „Bist Du mit diesem Kuss zufrieden?" „Ja, der war fantastisch. Danke, AJ." Sie lächelte und drehte sich zum Gehen um. „Halt! Warte", rief ich. AJ hielt an und wartete. „Bekomme ich noch einen?", bettelte ich. „Na gut, aber nur noch einen", lächelte AJ etwas verliebt und wiederholte das Spiel. Wieder 2 Minuten lang liebten wir uns per Mund. AJ stand eng an mir, ich umarmte sie und spürte ihren Traumkörper.

Diesmal war von Anfang an ihre Zunge von der Partie. Meine gab sofort die Antwort. Dann wollte sie gehen, doch ich: „Hey, bekomme ich noch einen? Bitte!" AJ grinste dominant: „Nein. Das war´s für heute. Ich muss zurück, sonst wird meine Sister zur Detektivin. Die Knutscher bleiben unter uns, verstanden?" „Klaro", bestätigte ich. „Bekomme ich morgen mehr davon?" „Hängt davon ab, ob Du mich beim Tennis schlägst." Wir verabredeten uns für 18:30 Uhr. Ich hatte am Folgetag barfrei. AJ winkte und ging. Ich verschwand ins Bett und wichste mit AJ im Kopf.

Am nächsten Vormittag zog mich JJ auf, dass ich gegen ihre Schwester verloren hatte. Und meinte, später würde diese mich beim Tennismatch ebenso fertigmachen. Der Tag verging im Flug. Mein letzter Programmpunkt war 16 Uhr Beachvolleyball. JJ spielte mit, AJ schaute zu. Ich gab alles und noch mehr. Spielte exzellent. Bekam Extraapplaus für meine Schmetterbälle und unparierbaren Aufschläge. Erschöpft schleppte ich mich auf den Tennisplatz, wo alle am Gehen waren, schließlich stand um 19:30 Uhr das leckere Abendessen an.

Wir hatten die Tennisanlage für uns. „Selbe Regeln wie gestern", stimmte AJ ein: „Wenn ich gewinne, zahlst Du mir alle Getränke des Abends. Wenn Du gewinnst, bekommst Du 1 Kuss von mir." „Ja, aber einen richtigen. Halt! Gestern waren es 2 Küsse. Ich möchte 2." „Okay", nickte AJ. Wir spielten uns ein. AJ hatte auch hier ihr eigenes Racket dabei. Dass sie in ihrer Vereinsmannschaft an 1 spielte, erfuhr ich erst vor dem ersten Ballwechsel. Dass ich früher im Verein bei den Junioren an 1 gespielt hatte, verschwieg ich. AJ spielte verdammt gut.

Sie fand schnell ihr Spiel und führte 3:0. Wir hatten 2 Gewinnsätze vereinbart. Ich holte auf 2:3 auf, doch sie dominierte mich und holte den ersten Satz 6:3. Im zweiten hielt ich sie mit präzisen Ballen an der Grundlinie fest und streute Stops ein. Bei 5:4 hatte ich einen Satzball und schlug ein Ass. Der zweite Satz war mit 6:4 meiner. Wieder musste eine Entscheidung her. Ich ging in Führung, doch AJs Routine war mächtiger. Am Ende stand ein 7:5 für sie im finalen Satz. AJ jubelte. Ich ärgerte mich. Bei der Umarmung flüsterte sie mir ins Ohr: „Die 2 Küsse bekommst Du trotzdem."

„Weil ich so gut gespielt habe oder weil Du mich toll findest?"
„Beides." Ich freute mich wieder wie das Riesenrad. „JJ bringt
mich um, wenn sie das erfährt." „Sie wird es nicht erfahren, die
Küsse bleiben unser Geheimnis", zwinkerte AJ mir zu. „Wann
bekomme ich die?" „Wenn Du magst, jetzt." Auf dem Court zu
riskant. Robins dürfen „offiziell" nicht mit Gästen. „Vorschlag:
Du bekommst die Küsse bei Dir auf dem Zimmer. Ich bin jetzt
auch mächtig verschwitzt. Du hast mich gefordert. Wenn ich
darf, dusche ich mich bei Dir frisch. Und danach bekommst Du
Deine Küsse. Einverstanden?"
    „Einverstanden", nickte ich glücklich. Getrennt gingen
wir auf mein Zimmer. Ich hatte barfrei, für AJ war es ihr letzter
Tag. Wenn mehr passieren würde, dann wäre hier und heute die
passende Gelegenheit. Außerdem musste JJ Show tanzen und
würde ihrer Detektivrolle nicht nachkommen. Als AJ bei mir im
Zimmer gelandet war, bot ich ihr mein Badezimmer an: „Fühl
Dich zuhause. Dort hängt ein frisches Handtuch. Ich warte auf
Dich." Mit einem breiten Smiley verabschiedete sich AJ in das
Bad. Tür zu. Absperren. Dann duschte sie.
    10 Minuten brauchte sie. Dann öffnete sich die Tür. Ich
hatte gehofft, dass AJ nackt auf mich zukommt, doch sie stand
in einem dünnen Kleidchen vor mir, dass sie in ihrer Sporttasche gehabt haben muss. „Jetzt bekommst Du die Küsse", kündigte sie an. Beide waren wunderschön! Beide 2 Minuten lang,
mit Zunge. Liebevoll, zärtlich, erotisch. Die Pause dazwischen
war kurz, dafür war mein Dong lang. AJ musste meinen Knüppel spüren, sie stand eng an mir. Als wir fertig waren, bedankte
sie sich bei mir. Ich bei ihr. AJ ging langsam zur Tür.
    Ich wusste nicht, wie ich sie aufhalten sollte. Ich war
gelähmt. AJ griff die Türklinke, doch öffnete sie nicht. Sie wartete. Sie überlegte. Ich wartete. Ich überlegte. Dann drehte sie
sich zu mir um: „Du willst mich nicht aufhalten? Möchtest Du,
dass ich gehe?" „Nein, ich möchte, dass Du bleibst", schoss ich
aus der Pistole zurück. „Wieso hältst Du mich dann nicht auf?"
„Weil ich nicht unverschämt sein will. Weil ich Dich nicht be-
drängen möchte. Natürlich wünsche ich mir, dass Du bleibst.
Morgen bist Du weg. Ich bin sehr traurig." AJ kam zu mir und
setzte sich zu mir aufs Bett.

Sie senkte ihr Haupt und nahm meine Hand. „Weißt Du, Süßer, für mich ist das nicht leicht. Ich bin verlobt. Ich bin meinem Freund immer treu gewesen. Wir sind jetzt 4 Jahre zusammen. Nächstes Jahr heiraten wir. Ich will nicht fremdgehen. Ich liebe ihn." „Verstehe ich", nickte ich und gab alles Weitere auf. „Andererseits fühle ich mich massiv zu Dir hingezogen. Die Tage mit Dir waren wunderschön. Die Küsse, wunderschön. Wenn ich Ja zu mehr sage, darf das meine Schwester unter keinsten Umständen erfahren. Die würde mich lynchen."

„Ich verstehe alles, AJ. Aber ich kann keine Entscheidung für Dich treffen. Ich finde Dich supersüß. Ich würde gerne mehr von Dir bekommen als nur die Küsse. Ich hätte so gerne Sex mit Dir. Ich würde gerne Deine letzte Nacht mit Dir verbringen. Aber ich respektiere, was Du gesagt hast. Es ist Deine Entscheidung. Ich verspreche Dir: Alles, was bisher passiert ist, und alles, was heute eventuell noch passieren wird, bleibt unser Geheimnis. Ich werde JJ nichts verraten.." So saßen wir da.

Minutenlang. Wortlos. Hand in Hand. Dann endlich tat sich was: AJ hob ihren Kopf, schaute mir tief in die Augen und küsste mich zum dritten Mal am Abend. Ich küsste sofort mit. Dieser Kuss endete 30 Minuten später. Währenddessen zog sie mir meine Hose aus und knetete meinen Dong. Währenddessen zog ich ihr Kleid aus und knetete ihre Brüste. Super fühlten sie sich an. Währenddessen spürte ich einen Schamhaarstrich, der rötlich war, wie ich später sah. Währenddessen drang ich als Missionar in sie ein (mit Gummi) und schlief mit AJ. Sehr romantisch und sinnlich. Wir knutschen, bis ich meinen Orgasmus nicht mehr hinauszögern konnte. Ich kam in ihren Mund. Schon in ihre Vagina, aber stöhnend in ihren Mund.

AJ klammerte sich wie ein Affe an mir fest und genoss diese Intimität mit mir sehr. Endlich konnte ich ausschnaufen und ließ mich neben sie fallen. „Wunderschön war das", flüsterte AJ. „Ja, wunderschön war es", flüsterte ich. Kuss. „Wenn das JJ wüsste. Oder Micky, mein Freund." „Wissen sie aber nicht, meine Süße", beruhigte ich sie. „Magst Du die Nacht bei mir bleiben?" „Geht nicht. JJ würde mich suchen." Mist. „Aber bis Mitternacht haben wir Zeit, oder?" „Ja, aber ich möchte noch schnell essen gehen." AJ zog sich an und verschwand.

Stunde später klopfte es bei mir: AJ! Sie erzählte mir, dass sie JJ beim Essen getroffen hat. „Ich habe mich mit ihr um 23 Uhr am Schachbrett verabredet, sie möchte mit mir feiern. Wir haben also noch 2 Stunden für uns." Ich schlug vor, diese Zeit absolut auszunutzen. „Komm, leg Dich hin, ich möchte Dich verwöhnen", stöhnte sie und band sich ihr Haar hoch. Ein Blowjob der Superklasse erwartete mich. AJ blies mich steif. Mit einer genialen Technik aus Blas-Wichsen machte sie mich wahnsinnig. Als ich kam, spritzte ich alles in sie hinein. Sexy ließ sie es sich aus dem Mund herauslaufen und schluckte den Rest herunter.

Luder! Nun war mein Mund gefragt, und zwar an ihrer Pussy. Ihr rötlicher, schlank getrimmter Strich zog mich in ihren Bann. AJ lag breitbeinig da und genoss meine Züngeleien sehr. Schon der jüngere Womanizer konnte äußerst gut Cunnilingus. Der Beweis folgte: 3 Höhepunkte erlebte AJ innerhalb von 15 Minuten. Ihre Klitoris schwoll auf dem Gipfel ums Doppelte an und pulsierte irrsinnig. Ich hatte sie bekommen, geknackt und erlegt. Eigentlich war es JJ, aber in Gestalt von AJ.

Beide glichen sich aufs Haar. Nach einer Pause schliefen AJ und ich miteinander. Diesmal wollte die Rote, dass sie liegend von hinten nehme. AJ lag auf ihren Brüsten und streckte mir ihren Arsch hoch. Ich fickte sie gut und kam heftig. Leider waren die 2 Stunden zu kurz. Wir mussten uns trennen. Schweren Herzens verließ AJ mein Zimmer. Am nächsten Tag kam ich zu ihrer Verabschiedung. Dann war sie weg. Als der Bus ums Eck fuhr, meinte JJ: „Tja, mein Lieber, die hättest Du gern gehabt, was?" JJ wusste nichts! Ich spielte mit: „Ja, Du hast eine zauberhafte Schwester. Ich hätte gerne, aber Du hast es mir ja verboten."

„Selbst wenn sie gewollt hätte, sie hätte es mir erzählt. Wir haben keine Geheimnisse voreinander." „Ach ja?", wollte ich sagen, hielt mich aber zurück. Am nächsten Tag meinte JJ: „AJ ist gut zuhause angekommen. Ich soll Dich lieb grüßen." „Danke", freute ich mich, „Grüße zurück." „Übrigens, nächste Woche kommt mich meine kleine Schwester besuchen, MJ. 21. Finger weg von ihr! Sie ist zwar noch nicht verlobt, hat aber einen Freund. Haben wir uns verstanden?" „Wieso lässt Du Deine Schwestern nicht selbst bestimmen, mit wem sie wollen?"

71

Schoss ich unruhig zurück. „Dass Du mich nicht ranlässt, akzeptiere ich. Aber seit wann spricht man für andere?" „Hör mal, mein Freund", kam JJ mir drohend, „Du baggerst MJ nicht an, klar?" „Ist ja gut", beschwichtigte ich, „ich will keinen Ärger." Ich ging. Die Woche verging zäh. Die Gäste waren anstrengend und das Wetter stürmisch. Keine richtig hübschen Gast-Frauen waren im Club. Ich entschloss mich für ein paar Tage Sexverzicht. Das änderte sich, als Camilla kam. Die 35-Jährige ließ sich gleich an ihrem 1. Urlaubstag abschleppen. Als 2 Tage später ihr Ehemann Rudolf nachkam, war leider Schluss mit dem geilen Sex.

Camilla konnte nicht gut blasen, dafür umso besser reiten. Dann kam MJ. Sie war eine junge Göttin! Sie glich JJ und AJ aufs Haar. Es hätten Drillinge mit Zeitunterschied sein können. MJ war genauso sexy wie ihre Schwestern, rotlanghaarig, sportlich und attraktiv. Sie war gerade zur Frau geworden. Ich wusste: Die muss ich haben! Auch MJ zahlte nur 39 Euro die Nacht und durfte 1 Woche in Soma Bay urlauben. JJ sah meine gierigen Blicke und nahm mich zur Seite: „Bagger nicht meine jüngere Sister an. Sie hat einen Freund, der ist supernett, sie ist tabu für Dich. Hast Du verstanden?" „Jaja", nuschelte ich.

Trotzdem spielte ich Fickkopfkino mit MJ. MJ war interessiert an der Arbeit ihrer Schwester, so war sie auch beim Volleyball dabei. Ich setzte mich besonders gut in Szene. Und ja, ich spürte MJs Blicke an mir. Eines Abends tanzte der Club. Ich empfing MJ und tanzte ihr meinen Latino Lover vor. MJ machte mit. Heiß! Sie konnte sehr gut tanzen. JJ gesellte sich dazu und wir hatten Spaß zusammen. Beim Drink danach kamen MJ und ich ins Gespräch. Ich erfuhr mehr über sie:

Sie arbeitete für einen Privatier und betrieb Vereinssport auf hohem Niveau. Tennis und Tischtennis spielte sie hervorragend, behauptete sie. Das wollte ich überprüfen. „Was hältst Du von einem Match?" „Tischtennis oder Tennis?" „Jetzt Tischtennis, morgen Tennis", sagte ich. „Okay, aber bereite Dich auf Niederlagen vor." „Das werden wir sehen." Ich verschwand und kam mit Tischtennisschlägern wieder. „Ich spiele mit meinem eigenen", zischte MJ und düste ab. 5 Minuten später stand sie wieder vor mir.

JJ hatte von der Challenge Wind bekommen und wollte Referee sein. Déjà-vu! Aus dem Schiedsrichterintum JJs wurde nichts, denn sie musste die Herausforderung von Gast Eric annehmen. Seinen Wetteinsatz, bei einem Sieg die Nacht mit ihr verbringen zu dürfen, lachte JJ weg. Eric versuchte es erneut, doch JJ teilte ihm deutlich mit, dass das nicht drin sei und sie einen Verlobten habe. Eric verstand, wollte JJ aber trotzdem besiegen. „Hast Du mitbekommen, was Eric wollte?", fragte ich MJ. „Ja, aber da sagt JJ Nein. Sie hat einen Verlobten. Sie erlaubt sich keinen Ausrutscher, das hat sie sich geschworen."

„Ich weiß, leider." „Warum leider?" „Weil alle Robins hier inklusive mir sie toll finden." „Ja, sie ist meine Schwester", grinste MJ stolz. „Um was wetten wir?", forderte sie mich heraus. „Wenn es nach mir ginge, um 1 Nacht mit Dir, aber das hat mit JJ verboten." „Hat sie das?" „Ja, sie hat mir erzählt, dass Du einen Freund hast und tabu für mich bist." „Lieb von ihr, aber ich entscheide selbst, mit wem in die Kiste springe." „Du hast doch einen Freund." „Ja, aber ich habe mir keine Treue geschworen so wie JJ." „Heißt das, dass Du meinen Wetteinsatz annimmst?", fragte ich gierig.

„Nein, das nicht. Aber reizvoll wäre es schon", kicherte sie. Wir unterhielten uns mit Abstand zur spielenden JJ. Wir wollten nicht, dass sie unser Gespräch hört. „Schlag was vor", lockte ich die 21-Jährige. „Wenn ich Dich beim Tischtennis besiege auf 3 Gewinnsätze, zahlst Du mir alle Getränke heute." „Einverstanden", nickte ich. „Wenn ich Dich besiege, bekomme ich 1 Kuss von Dir." „Du weißt, ich habe einen Freund." „Ich weiß aber auch, dass Du keinen Schwur geleistet hast."

„Du hast meiner Schwester versprochen, mich nicht anzubaggern." „Tue ich ja nicht. Es ist eine Wette." „Gut, so soll es sein." Wir spielten uns ein, dann legte MJ los. Sie spielte stärker als ich. Als Vereinsspielerin kein Wunder. Der erste Satz ging 11:7 an sie. Der zweite landete 11:9 bei mir, da ich ein paar echt gute Bälle hatte. MJ schüttelte den Kopf. Ich gewann auch den dritten Satz mit 11:9. Diesmal hatte ich mächtige Schmetterbälle im Angebot. Der folgende Durchgang ging mit 11:1 an die Rothaarige. Nebenan waren JJ und Eric fertig: JJ hatte ihn 3:1 Sätze abgezogen, sie konnte wirklich verdammt gut spielen.

JJ sah zu, wie unser fünfter Satz zum Krimi wurde. Ich lag vorn, doch MJ war konstanter. Sie gewann mit 11:7 Punkten und 3:2 Sätzen. Sie jubelte. „Jetzt muss ich ihr alle Drinks des Abends zahlen", erklärte ich JJ. Die lachte: „Das hast Du nicht anders verdient. Wer sich mit meiner jüngeren Sis anlegt, zieht den Kürzeren." Während JJ einen weiteren Gast zerstörte, nahm ich MJ an die Bar und bestellte ihr einen „Sex on the Beach". Das wollte ich auch. Ich stieß mit ihr an. MJ kam zu meinem Ohr: „Du hast verloren, aber den Kuss bekommst Du trotzdem."

„Weil ich so gut gespielt habe oder weil Du mich toll findest?" „Beides." Ich freute mich wie ein Riesenrad. „Aber JJ bringt mich um, wenn sie das erfährt." „Der Kuss bleibt unser Geheimnis", zwinkerte MJ. „Wann bekomme ich den?", ging ich aufs Ganze. „Wenn Du magst, jetzt." „Ja, aber nicht hier. Uns darf keiner sehen, schon gar nicht Deine Schwester." Ich beschrieb ihr den Weg zum Wertstoffhof. MJ folgte mir verzögert. Dann standen wir uns gegenüber. „Nun bekommst Du Deinen Kuss", flüsterte MJ und kam auf mich zu. Ihr Minirock zeigte viel Bein. Sexy Bein! Ihre Brüste lachten mich stehend an. Ihre Augen strahlten verführerisch.

MJ küsste mich auf meine Backe, ganz nah am Mund. Zärtlich. Aber kurz. Dann zog sie zurück. „Wie bitte?", blickte ich sie entsetzt an. „Das war´s? Nur ein plumper Wangenkuss? So einen habe ich beim ersten Hallo von Dir bekommen. Auf die Backe gilt nicht. Mit dem Wetteinsatz war ein richtiger Kuss gemeint." „Hey, Du weißt, ich habe einen Freund." „Und Du weißt, was für ein Kuss gemeint war." „Du hast die Wette aber verloren, Du hast kein Recht auf Einforderung eines richtigen Kusses. Dass ich Dir einen gegeben habe, war Entgegenkommen von mir."

Im Grunde genommen hatte MJ Recht. Enttäuscht blickte ich zu Boden, dann MJ an. „Ist ja gut, Deinen Dackelblick kannst Du einstellen", lächelte sie und kam erneut auf mich zu. Was folgte, war ein richtiger Kuss! Geil! Zärtlich nahm MJ mei-nen Kopf in ihre Hände, sie streckte sich hoch und drückte mir einen echten Kuss auf. Lippen auf Lippen. Ich genoss es und küsste mit. Der Kuss dauerte 3 Minuten. Er war mit Zunge, die sie plötzlich ins Spiel brachte. Ich wurde geil. MJ war geil.

Leider fand dieser Kuss ein Ende. Wir atmeten aus und öffneten unsere Augen. „Bist Du mit diesem Kuss zufrieden?" „Ja, MJ, der war fantastisch, genauso, wie ich ihn mir vorgestellt hatte." MJ lächelte und drehte sich zum Gehen um. „Halt! Warte!", rief ich hinterher. Sie hielt und wartete. „Bekomme ich noch einen, bitte?", bettelte ich. „Na gut, aber nur noch einen", lächelte sie und wiederholte das Spiel. Wieder 3 Minuten lang liebten wir uns per Mund. MJ stand ganz eng an mir, ich umarmte sie und spürte ihren Traumkörper.

Diesmal war von Anfang an ihre Zunge von der Partie. Meine gab die passende Antwort. Dann wollte MJ gehen, doch ich rief: „Bekomme ich noch einen? Bitte!" MJ grinste: „Nein. Das war´s für heute. Ich muss zurück, sonst wird meine Sister zu Columbo. Die Küsse bleiben unter uns, verstanden?" „Klar", bestätigte ich unseren spannenden Deal. „Bekomme ich morgen mehr davon?" „Das hängt davon ab, ob Du mich beim Tennis schlägst." Wir verabredeten uns für 18:30 Uhr. Ich hatte am Folgetag barfrei.

MJ winkte und verschwand im Nichts. Ich verschwand ins Bett und wichste mit MJ im Kopf. Am nächsten Vormittag zog mich JJ auf, dass ich gegen ihre jüngere Schwester verloren hatte. Und meinte, später würde sie mich beim Tennis ebenso fertigmachen. Der Tag verging rasch. Mein letzter Programmpunkt war ab 16 Uhr Beachvolleyball. JJ spielte mit, MJ schaute zu. Ich gab alles und noch mehr. Spielte exzellent. Bekam Extraapplaus für meine Schmetterbälle und Ass-Aufschläge.

Erschöpft schleppte ich mich auf den Tennisplatz, wo alle am Gehen waren, denn ab 19:30 Uhr stand das Abendessen an. Wir hatten die Tennisanlage für uns. „Dieselben Regeln wie gestern", stimmte MJ ein. „Wenn ich gewinne, zahlst Du mir alle Getränke heute. Wenn Du gewinnst, bekommst Du 1 Kuss." „Ja, aber einen richtigen. Halt! Gestern waren es 2 Küsse. Ich möchte 2 Küsse." „Okay", nickte MJ. Wir spielten uns ein. MJ hatte auch hier ihr eigenes Racket mitgebracht. Dass sie in ihrer Vereinsmannschaft an 2 spielt, direkt hinter AJ, erfuhr ich erst vor dem ersten Match-Ballwechsel. Dass ich früher im Verein bei den Junioren an 1 spielte, verschwieg ich ihr. MJ spielte verdammt gut. Sie fand schnell ihr Spiel und führte 4:0.

Wir hatten 2 Gewinnsätze vereinbart. Ich holte auf 2:4 auf, doch MJ dominierte und holte den ersten Satz 6:4. Im zweiten hielt ich sie mit präzisen Bällen an der Grundlinie fest und streute Stops mit anschließenden Lobs ein. Bei 5:3 hatte ich einen Satzball und schlug ein Ass. Der zweite Satz war mit 6:3 meiner. Eine Entscheidung musste her. Ich ging in Führung, doch MJs Routine war mächtiger. Am Schluss stand ein 6:4 für sie im finalen Satz. MJ jubelte. Ich ärgerte mich. Bei der Umarmung flüsterte sie mir ins Ohr: „Die 2 Küsse bekommst Du trotzdem." „Weil ich so gut gespielt habe oder weil Du mich toll findest?" „Beides." Ich freute mich wie das Riesenrad. „JJ bringt mich um, wenn sie das erfährt." „Sie wird es nicht erfahren, die Küsse bleiben unser Geheimnis", zwinkerte MJ mir zu. „Wann bekomme ich die?" „Wenn Du magst, jetzt." Auf dem Court zu riskant. „Vorschlag: Du bekommst die Küsse bei Dir auf dem Zimmer. Ich bin mächtig verschwitzt. Du hast mich gefordert. Wenn ich darf, dusche ich mich bei Dir frisch. Nach der Dusche bekommst Du Deine Küsse. Einverstanden?" „Einverstanden", nickte ich überglücklich.

Getrennt gingen wir auf mein Zimmer. Ich hatte barfrei, für MJ war es ihr letzter Tag. Wenn zwischen uns mehr passieren würde, dann wäre hier und heute die Gelegenheit dazu. Außerdem musste JJ Show tanzen und würde der Columbo-Rolle nicht nachkommen. Als MJ bei mir gelandet war, bot ich ihr mein Badezimmer an: „Fühl Dich zuhause. Dort hängt ein frisches Handtuch. Ich warte auf Dich." Mit breitem Smiley verabschiedete sich MJ ins Bad. Tür zu. Sie duschte. 15 Minuten lang. Dann öffnete sich die Tür. Ich hatte gehofft, dass MJ nackt auf mich zukommt, doch sie stand in T-Shirt und Hot Pants vor mir, die sie in ihrer Sporttasche gehabt haben muss.

„Jetzt die Küsse", kündigte sie an. Beide waren wunderschön. Beide 3 Minuten lang, mit Zunge. Liebevoll, zärtlich, erotisch. Die Pause dazwischen war kurz, dafür war mein Dong lang. MJ musste meinen Knüppel spüren, schließlich stand sie eng an mir. Als wir fertig waren, bedankte sich MJ bei mir. Ich bei ihr. MJ ging langsam zur Tür. Ich wusste nicht, wie ich sie aufhalten sollte. Ich war gelähmt. MJ ergriff die Türklinke, doch öffnete diese nicht. Sie wartete. Sie überlegte.

Ich wartete. Ich überlegte. Dann drehte sich MJ um: „Du willst mich nicht aufhalten? Möchtest Du, dass ich gehe?" „Nein, ich möchte, dass Du bleibst", schoss ich zurück. „Warum hältst Du mich nicht auf?" „Weil ich nicht unverschämt sein will. Natürlich wünsche ich mir, dass Du bleibst. Morgen bist Du weg. Ich bin sehr traurig." MJ kam zu mir und setzte sich zu mir aufs Bett. Sie senkte ihr Haupt und nahm meine Hand. „Für mich ist das nicht leicht. Ich habe einen Freund, war ihm immer treu. Wir sind 2 Jahre zusammen. Ich will nicht fremdgehen. Ich liebe ihn doch." „Das verstehe ich", nickte ich. „Andererseits fühle ich mich massiv zu Dir hingezogen. Die Tage mit Dir waren wunderschön. Die Küsse, wunderschön.

Wenn ich Ja zu mehr sage, darf das meine Sis unter keinen Umständen erfahren." „Ich verstehe Dich absolut, MJ. Aber ich kann keine Entscheidung für Dich treffen. Ich finde Dich zuckersüß. Ich hätte gerne Sex mit Dir. Ich würde gerne Deine letzte Nacht mit Dir verbringen. Aber ich respektiere das, was Du gesagt hast. Es ist Deine Entscheidung. Ich verspreche Dir: Alles, was bisher passiert ist, und alles, was heute noch passieren wird, bleibt unser Geheimnis." So saßen wir da. Sprachlos. Hand in Hand. Dann tat sich etwas: MJ hob ihren Kopf, schaute mir in die Augen und küsste mich zum dritten Mal am Abend.

Ich küsste sofort mit. Dieser Kuss endete 30 Minuten später. Währenddessen zog MJ mir meine Hose aus und knetete den Dong. Währenddessen zog ich MJ nackt aus und knetete ihre Brüste. Superschön fühlten sich diese an. Währenddessen spürte ich einen Schamhaarstrich, der ebenso rötlich wie AJs war, wie ich später sah. Währenddessen drang ich als Missionar in sie ein – mit Gummi – und schlief mit ihr. Sehr romantisch, sinnlich, erotisch. Wir knutschen weiter, bis ich meinen Orgasmus hatte. Ich kam stark in MJs Mund.

Also in ihre Vagina, aber stöhnend in ihren Mund. MJ klammerte sich wie ein Affe an mir fest und genoss die Intimität mit und von mir sehr. Endlich konnte ich ausschnaufen und ließ mich neben sie fallen. Wir brauchten Minuten, um uns zu sammeln. „Wunderschön war das", flüsterte MJ. „Ja, wunderschön war es", flüsterte ich. Kuss. „Wenn das JJ wüsste. Oder Faysal, mein Freund." Faysal? Oh Mann.

„Sie werden es nie erfahren", beruhigte ich sie. „Magst Du die Nacht bleiben?" „Geht nicht. JJ würde mich suchen." Ich verstand. „Aber bis Mitternacht haben wir Zeit, oder?" „Ja, aber ich möchte essen." MJ verschwand. 1 Stunde später klopfte es: Es war MJ! „Ich habe mich mit JJ gegen 23 Uhr am Schachbrett verabredet, sie möchte noch mit mir feiern. Wir haben also 2 Stunden für uns. Leg Dich hin, ich möchte Dich verwöhnen", stöhnte MJ und band sich ihr Haar hoch. Ein Blowjob der Superklasse erwartete mich.

Schnell blies mich MJ steif. Mit einer genialen Technik aus Blas-Wichsen, genau wie AJ, machte sie mich wahnsinnig. Hatten die beiden Sisters zusammen gelernt? Als ich kam, spritzte ich alles in sie hinein. Sexy ließ sie es sich aus dem Mund laufen und schluckte den Rest herunter. Nun war mein Mund gefragt, und zwar an MJs Pussy. Ihr rötlicher Strich zog mich in den Bann. MJ lag breitbeinig da und genoss meine Züngeleien. 3 oder 4 Höhepunkte erlebte MJ innerhalb von 20 Minuten. Ihre Klitoris schwoll ums Dreifache an und pulsierte irrsinnig.

Ich hatte sie bekommen, geknackt und erlegt. Eigentlich JJ, aber in Form von MJ. Beide glichen sich aufs Haar. Nach einer Pause schliefen MJ und ich miteinander. Diesmal wollte die Rote, dass ich sie liegend von hinten nehme. Ich fickte sie gut und kam heftig. Leider waren die 2 Stunden kurz. Schweren Herzens später verließ MJ mein Zimmer. Am nächsten Tag kam ich zu ihrer Verabschiedung. Dann war sie weg. Als der Bus ums Eck fuhr, meinte JJ: „Tja, die hättest Du auch gerne gehabt, was?" Sie wusste wieder nichts! Ich spielte mit:

„Ja, Du hast zauberhafte Schwestern, JJ. Eine hübscher als die andere. Ich hätte auch gerne mit MJ geschlafen, aber Du hast es mir ja verboten." „Selbst wenn sie gewollt hätte, sie hätte es mir erzählt. Wir haben keine Geheimnisse." Ach ja? Am nächsten Tag meinte JJ: „MJ ist gut zuhause angekommen. Ich soll Dich lieb grüßen." „Danke, Grüße zurück." Nun war nur noch eine aus der Schwesterclique übrig: JJ. Die, die mich seit 5,5 Monaten zappeln ließ. Die Zeit war vergangen, ihr Abschied rückte näher. Ich hatte aufgegeben, mich weiter um sie zu bemühen. Außerdem hatte ich nun Sex mit Annabelle, einer 24-jährigen Reiseleiterin aus Baden-Baden.

JJ wusste von ihr. Annabelle war geil: Sie ging im Bett voll ab und gab mir zügellosen Sex. Sie befriedigte all meine Wünsche und Träume. Dunkelhaarig war sie, schlank, sexy. Ihre Businessbrille trug sie im Bett nicht. Sie war wieder weg. Ich hatte einen langen Arbeitstag in den Knochen plus Show und Belustigung der Gäste. Es war 0:20 Uhr, als ich mein Zimmer aufsuchte. Am Fußabstreifer lag ein gefalteter Zettel: „Komm rein, aber lass das Licht aus. Ich erwarte Dich nackt im Bett. Es wird nicht gesprochen. Das Licht bleibt aus. Ich will nicht gesehen werden. Ich will Dich! Bis gleich!"

Ich öffnete meine Tür und trat ein. Stockdunkel war es. Ich tastete mich vor, bis ich am Bett war. Ich tastete weiter. Da lag ja jemand! Ich wurde aufgeregt: Wer war es?! Zu gern hätte ich das Licht angemacht, das allerdings hätte gegen die Regeln verstoßen. Ich entschloss mich, mich überraschen zu lassen. Ich zog mich aus, verschwand im Bad, machte dort Licht und erfrischte mich. Licht aus, zurück zum Bett. Ich kroch aufs Bett. Ja, es war ein Frauenkörper. Gut! Ich tastete mich vor.

Er war nackt! Ich umfasste ihre Brüste, sie gefielen mir. Ich streichelte über ihr Gesicht, es fühlte sich jung an. Ihr Haar dufteten, war frisch gewaschen. Ich kannte diesen Duft! Ich erkundete weiter. Ihr Bauch war gut trainiert und fest. Ihr Becken sportlich, knackig. Ihre Beine grandios. Nun ging ich aufs Ganze: Ich näherte mich ihrer Vulva. Da war ein Schamhaarstrich! Ich konnte ihn deutlich fühlen. Er war schmal und gut getrimmt. War er etwa rot? Dann spürte ich die Hände der Unbekannten an mir. Sie griffen nach meinem Gesicht und zogen es herab. Zum Küssen. Die Mysteriöse küsste äußerst gut. Leidenschaftlich, sexy, sinnlich. Sie schmeckte gut. Mit Zunge.

Ich lag auf ihr und wurde erregt. Mein Penis war steif wie ein Speer und drückte gegen ihren Bauch. Da spürte ich ein Nabelpiercing. JJ hatte eines. War sie es? Das Knutschen ging in mehr über, plötzlich lag ich unten. Sie hockte auf mir, dann zwischen meinen Beinen und begann einen Blowjob. Unfassbar geil fühlte es sich an. Im Stockfinsteren von einer Unbekannten einen geblasen zu bekommen, ist ein extravagantes Abenteuer. Dem musste ich Tribut zollen, denn ich musste nach gerade mal 2 Minuten Mundarbeit kommen.

Ohne Vorwarnung schoss ich ab. Sie zuckte, da sie damit nicht gerechnet hatte, doch blies weiter, bis ich ausgeschossen hatte. Ich war glücklich. Sie auch. Das spürte ich, als sie sich auf meine Brust kuschelte und schnurrte. Auch, als ich sie kurz darauf beglückte. Ich bin ein Mensch der Gleichberechtigung: Komme ich, kommt auch sie. Ich schob sie in Position, dann leckte ich sie wahnsinnig. Im Schwarz tauchte meine Zunge ebenso in ihre Muschi ein wie meine Finger. Warm war sie da drin. Ich küsste, liebkoste, streichelte, fingerfickte und lutschte sie, bis sie heftig kam. Dabei explodierte ihre Klitoris zwischen meinen Zähnen.

Sie schwoll im Moment ihres Orgasmus um das Vierfache an. Erinnerte mich an AJ und MJ. Welches Familiengeheimnis wurde gespielt? Ich versuchte, des Rätsels Lösung zu finden und schickte die Unbekannte auf die Reise zu 2 weiteren Höhepunk-ten. Dabei fühlte ich genau hin, wie ihre Clit zur Superclit wurde. Ihre spitzen Schreie verrieten mir mehr: Es musste JJ sein! Oder sie hatte noch eine unbekannte Schwester oder eine Doppelgängerin. Ich durfte weder mit ihr sprechen noch das Zimmer beleuchten. Mist. Andererseits: Geil!

Als sie fertig war, war ich steif. Das spürte sie und knetete ihn noch steifer. Plötzlich roch ich ein Kondom, das sie mir überzog. Dann fühlte ich, wie sie auf mir Platz nahm. Gierig ritt sie mich. Schnell und sportlich. Sie ließ sich gehen. Ihr Stöhnen wurde lauter, ich hatte keine Zweifel mehr: Es musste JJ sein! Die JJ, die einen Verlobten hat, die hier nichts anbrennen lassen wollte, die alle Jungs abblitzen ließ, die mir Flirtverbote für ihre Schwestern gab. Sie ritt so intensiv auf mir, wie selten ein Mädel zuvor und danach. Dabei kam sie zu 2 vaginalen Highlights.

Irgendwann füllte ich das Kondom mit Saft. Erschöpft ritt sie aus und ließ sich fallen. 5 Minuten später stand sie wortlos auf, zog sich an, küsste mich und ging. Ich war baff. War das gerade wirklich passiert? Glücklich schlief ich. Am nächsten Morgen war ich auf den Kontakt zu JJ gespannt. Sie tat ganz normal. Gab mir keinerlei Hinweis, dass sie es war. Entweder war sie Schauspielprofi oder ein verdammtes Luder. Oder sie war unschuldig. Ich wusste es nicht, freute mich aber umso mehr, als am Abend erneut ein Zettel da lag: „Wie gestern. Ich warte auf Dich!"

Ich erlebte erneut Sex mit der Unbekannten. Sie blies mich zum Höhepunkt, ich leckte sie zu derer 3, dann durfte ich als Hundebändiger arbeiten. Ich kam erneut und hätte alles dafür gegeben, das Licht anzumachen. Unlucky. So ging das die weiteren Tage. Mir fiel auf, dass immer, wenn ich mich vom Schachbrett verabschiedete, JJ nicht mehr da war. Sie musste es sein! Anmerken ließ sie sich nada. Leider lief JJs Zeit ab. Sie feierte ihren Abschied. Viele Männer versuchten ihr Glück, doch JJ blieb stark wie eine Löwenfrau. Gegen 2:10 Uhr verabschiedete sie sich ins Bett. Ich machte meine letzte Runde und ging ebenso.

Dort lag ein Zettel: „Last Ride" stand darauf. Die Botschaft war klar: Es würde der letzte Sex mit der Unbekannten werden. Diesmal hatte sie große Pläne: Zuerst ritt sie mich wild, bis ich kam. Dann wollte sie geleckt werden. Sie machte mir dies deutlich, indem sie meine Haare ergriff und meinen Kopf in ihren willigen Schoß drückte. Der Womanizer womanizerte und schenkte Lady Last Ride 3 klitorale Fluten. Dann wollte sie nochmal ficken. Diesmal durfte ich sie stehend nehmen. Tat ich. Es war stehend geil.

Ich kam sehr gut, wenn auch anstrengend. Nach 2 Leckorgasmen, die ich ihr schenkte, schenkte sie mir einen Finalo-Blowjob. Kurz bevor die Sonne aufging, verließ sie mich. Ich hatte noch 2 Stunden Schlaf, es würde ein harter Arbeitstag wer-den. Mittags stand JJs Verabschiedung an. Viele Robins waren gekommen, um ihre hübsche Kollegin zu umarmen.

JJ drückte mich fest und innig, flüsterte mit ins Ohr: „Danke für die schöne Zeit mit Dir. Werde ich nie vergessen." Sie stieg in den Bus. Als sie exklusiv mir in letzter Sekunde aus dem Bus zuzwinkerte, wusste ich es: Sie muss die mysteriöse Schattenfrau gewesen sein. Ich hatte auch sie bekommen. Fast 6 Monate hatte ich dafür gekämpft, aber die Ackerei hatte sich gelohnt. Über AJ und MJ landete ich schließlich bei JJ. Ich hatte alle 3 Schwestern gefickt, beglückt und herumbekommen. Verzaubert mit den meinen Womanizer-Genen. Wenn die hübschen 3 das voneinander wüssten …

Buch-Tipps vom Womanizer

The Womanizer
Ich, der Fremdgeher 1
Die Abenteuer des Womanizers

Sex, Erotik, Liebe, Lust und geile Leidenschaft – dies ist die spannende Geschichte, die Autobiografie des Womanizers, eines Mannes, der seinem Leben keine Grenzen setzt und sich alle sexuellen Wünsche und Träume erfüllt. Obwohl er glücklich in einer Beziehung mit seiner Freundin Andrea ist, die er auch wirklich liebt, gönnt er sich alle Freiheiten, um das zu genießen, wovon andere Männer nur träumen. Er erlebt fantastische Abenteuer ebenso wie böse Reinfälle, heiße Affären, Sex mit 3 Frauen gleichzeitig, Erpressung, Glück und Leid in Beziehung und One Night Stands.

Erfahren Sie mehr über den Mann hinter der Womanizer-Maske und sein Leben. Fantasien werden Wirklichkeit, Wünsche wahr. „Ich, der Fremdgeher 1" ist ein hochexplosives und spannendes Werk, das den Leser fesselt, anregt und erregt. 63 Kapitel voller Sex, Lust und Leidenschaft. 200 Seiten pure Erotik. Doch auch Schuld und Moral spielen eine Rolle. Immer wieder hinterfragt der Womanizer sein schändliches Treiben und will seiner Freundin treu bleiben, doch die Lust ist zu groß und die weiblichen Reize sind zu stark ... und so stürzt er sich ins nächste Abenteuer. Ein Buch, über das Sie noch lange sprechen werden!

ISBN 978-3-8423-2186-1
Books on Demand

Buch-Tipps vom Womanizer

The Womanizer
Ich, der Fremdgeher 2
Neue Abenteuer des Womanizers

Dies ist Teil 2, die Fortsetzung der spannenden Lebensgeschichte des Womanizers, eines Mannes, der seinem Dasein keinerlei Grenzen setzt und sich all seine sexuellen Wünsche und Träume erfüllt. Obwohl er mittlerweile glücklich verheiratet und stolzer Vater eines Sohnes ist, gönnt er sich die Freiheiten, um das zu genießen, wovon andere Männer träumen. Er erlebt fantastische Abenteuer ebenso wie böse Reinfälle, heiße Affären, Glück und Leid in Beziehung und One Night Stands. Erfahren Sie alles über den Mann hinter der Maske und sein geniales Leben. Fantasien werden Wirklichkeit, Wünsche wahr.

„Ich, der Fremdgeher 2" ist ein explosives Werk, das den Leser fesselt, anregt und erregt. 35 Kapitel voller Sex, Liebe und Leidenschaft, 200 Seiten pure Erotik, das ist die fantastische Welt des Womanizers. Doch auch Schuld und Moral spielen eine Rolle. Immer wieder hinterfragt er sein Treiben und will seiner Ehefrau Andrea treu bleiben, doch die Lust ist zu groß und die weiblichen Reize sind zu stark ... und so stürzt er sich ins nächste Abenteuer. Die fantastische Fortsetzung von „Ich, der Fremdgeher 1". Ein Buch, das Sie nicht mehr loslassen wird, denn tief in Ihnen stecken auch der Trieb, die Lust und die Gier auf die Erfüllung all Ihrer sexuellen Wünsche und Fantasien.

ISBN 978-3-8448-7446-4
Books on Demand

Buch-Tipps vom Womanizer

The Womanizer
Ich, der Fremdgeher 3
Die letzten Geheimnisse des Womanizers

Dies ist Teil 3 der legendären Biografie über das Leben und das Wirken des Womanizers, eines Mannes, der sich trotz hübscher Ehefrau und zweier wundervoller Kinder außertourlich all seine sexuellen Wünsche und Träume erfüllt. Dabei erlebt er das, wovon andere Männer nur träumen. Diesmal: Sex mit den blutjungen Animateurinnen Grit und Hanna, krasse Abenteuer in der Glory Hole Bar, eine heiße Romanze mit PR-Lady Ella, der fantastische Vierer mit den US-Girls Chloe, Madison und Stella, Kindermädchen Magdalena auf Extratour, Erotikmassagen der göttlichen Luisa, Jugenderinnerungen an Raliza, Techtelmechtel mit Praktikantin Aiko, Reinfall mit Frauke, Oh Julia, Andreas geheime Kiste, Ü-50erin Sabrina, Playboy-Lifestyle mit Hostessen Torrie und Whitney, die scharfe Kerstin, und vieles mehr.

„Ich, der Fremdgeher 3" ist ein explosives und reizvolles Werk, das den Leser fesselt, anregt und erregt. 34 Kapitel voller Sex, Liebe und Leidenschaft, 200 Seiten pure Erotik, das ist die extravagante Welt des Womanizers. Die geile Fortsetzung von „Ich, der Fremdgeher 1 & 2". Ein Buch, das Sie nicht mehr loslassen wird, denn tief in Ihnen stecken auch der Trieb, die Lust und die Gier auf Erfüllung all Ihrer sexuellen Fantasien.

ISBN 978-3-7460-1524-8
Books on Demand

Buch-Tipps vom Womanizer

The Womanizer
Ich, der Fremdgeher 4
Kostbare Perlen des Womanizers

Mein Leben ist ein Traum! Attraktiv, gesund, glücklich verheiratet, Vater zweier wundervoller Kids, erfolgreicher Businessmann, Top-Verdiener, dazu Dauergast in den Betten hübschester Ladies. Das bin ich, der Womanizer! In meiner Biografie „Ich, der Fremdgeher" haben Sie in den Teilen 1-3 alles über mich, mein Leben, meine Fantasien und meine Taten erfahren. Mein Wirken auf der Überholspur ist grandios. Alle Männer wären gerne wie ich. Über 1.500 Frauen habe ich im Bett gehabt, und es werden immer mehr. Ich weiß, mit welchen Tricks ich geile Frauen um den Finger wickeln muss, um von ihnen das zu bekommen, was ich möchte: Sex! Und genauso weiß ich, mit welchen Schlichen ich das alles meiner Gattin Andrea verheimlichen kann.

Für Band 4 habe ich in meiner Schatzkiste gegraben und präsentiere kostbare Perlen des Womanizers: Bezaubernde Damen, mit denen ich heiße Stunden, Tage oder mehr erlebt habe. Von meinen wilden 20ern bis jetzt Anfang 40 habe ich eine knisternde Auswahl zusammengestellt, die Lust auf mehr macht. Möge mein Lebensstil Sie beflügeln, Ihnen Mut schenken und Sie anspornen, es mir gleich zu tun. Denn Frauen sind dazu da, gevögelt zu werden und den Mann sexuell glücklich zu machen. Nutzen Sie Ihren Schwanz und geben Sie ihm, was er braucht: Eine hübsche Lady nach der anderen! Ich wünsche Ihnen viel Spaß mit meinen kostbarsten Perlen, von geilen ONS bis hin zu Sex mit 3 girls on fire. Und vieles, vieles mehr!

ISBN 978-3-7481-4685-8
Books on Demand

Buch-Tipps vom *Womanizer*

The Womanizer
Ich, der Fremdgeher 5
Heroische Erlebnisse des Womanizers

Heroische Erlebnisse sind es, die ich Ihnen diesmal präsentiere. Dies ist der 5. Band meiner Reihe „Ich, der Fremdgeher". Und immer noch gibt es spannendes Neues zu berichten, der Stoff geht mir nie aus. Wetten sind etwas Geiles, denn mit ihnen kann man Frauen gewinnen und gefügig machen. Auch MILF (Mothers I´d like to fuck) sind etwas Besonderes, da sie meist doppelt hot sind auf ein sündhaftes Abenteuer. Diese beiden Themen bilden den Schwerpunkt des Werkes. Ich bin der legendäre Womanizer. Ach, was habe ich schon gevögelt in meinem Leben! Über 1.500 Ladies sind es bisher, und es werden weiter mehr. Die 2.000 sind knackbar! Und auf welche schönen Momente ich zurückblicken kann: Viele Highlights davon haben Sie bereits gelesen, andere erfahren Sie nun.

Trotz hübscher Gattin und glücklichem Vatersein ist Leben für mich mehr als Familie: Leben ist für mich SEX! Abenteuer! Lust! Trieb! Leidenschaft und Liebe! One Night Stands! Spaß haben und alles mitnehmen, was geht. Bereut habe ich bisher nichts. Ich lebe das Leben, das ich liebe. Auf der Überholspur, in den Betten hübscher Frauen. In diesem 200-Seiter machen wir eine Zeitreise vom jungen Womanizer bis hin zum heutigen Womanizer. Ich schenke Ihnen heißeste Sex-Abenteuer und heroische Erlebnisse meiner Person, die Sie noch nicht kennen, aber nach dem Lesen nicht mehr missen wollen. Tanken Sie Mut und versuchen Sie mir nachzueifern, denn das Leben kann so verdammt geil sein!

ISBN 978-3-7494-1985-2
Books on Demand

Buch-Tipps vom Womanizer

The Womanizer
Ich, der Fremdgeher 6
Das Ende des Womanizers?

Ist dies das Ende des Womanizers? Tja, meine lieben Freunde der Sonne, vielleicht ist das wirklich der letzte Vorhang, der für mich fällt. Meine Frau Andrea hat ein Ehe-Break gefordert. Sie braucht eine Auszeit, sagt sie, von mir. Aber nicht vom schönen Haus, das ich gekauft habe. Auch nicht vom guten Geld, das ich ihr jeden Monat überweise. Hat sie mich beim Fremdficken erwischt? Nein. Warum dann dieser krasse Schritt von ihr? Keine Ahnung. Frauen sind einfach unberechenbar! Ich muss ausziehen und schwebe in der beschissenen Ungewissheit, ob und wie es mit uns weitergeht. Die armen Kinder! Hat Andrea einen neuen Stecher oder Geldgeber? Geht sie mir fremd? Ich werde es herausfinden.

Gleichzeitig aber lebe ich mein Womanizer-Leben weiter. Jetzt erst recht! Ich poppe Immobilienmaklerin Heidi, gewinne die sexy Fitness-Polizistin Cornelia, verliebe mich in Nutte Agnes, erlebe geniale Erotikmassagen, treffe meine Jugendliebe Yasmin nach 20 Jahren wieder, habe geilen Gruppensex mit der 18-jährigen Daphne und ihren Busenfreundinnen, kämpfe mit der skrupellosen Laetitia um meine Firma, finde in meiner Angestellten Susanna eine heiße Bettgespielin, führe die sexuell blockierte Maren in meine hohe Kunst ein und genieße eine heiße Affäre mit der geheimnisvollen Tattoo-Frau Jacqueline. Aber: Kann ich meine Ehe retten? Wird Andrea ihren Irrsinn beenden? Ich werde alles dafür tun!

ISBN 978-3-7494-3590-6
Books on Demand

Buch-Tipps vom Womanizer

The Womanizer
Ich, der Fremdgeher 7
Comeback des Womanizers

Ich bin zum dritten Mal Vater geworden … doch diesmal nicht mit meiner Gattin Andrea. Trotzdem: Welcome, Niklas! Bei der Fußball-Europameisterschaft lernte ich die Glatzenfrau Marlene kennen und feierte mit ihr den Sieg Deutschlands im Bett. In Amerika stieß ich auf die Geschäftsfrau Harper, die mich zuerst hasste, dann aber liebte. Kein Wunder, ich hatte sie dermaßen eifersüchtig gemacht mit den Diven Grace & Eleanor. Schließlich verfiel sie mir mit Haut und Haaren. Meine Grafikerin Antonia erlebte eine Ehehölle, ich half ihr raus. Als Dank bekam ich sie, doch leider war sie mir nicht gut genug im Bett. Die junge, bildhübsche Nele war unerreichbar für mich, da musste ich sie mir kaufen. 3.000 Euro war sie mir wert. Was ich dafür bekam? So einiges!

In Glasgow trieb ich es mit 9 Frauen gleichzeitig, ich war der Hahn im Kopf. Sexualtherapeutin Juna wollte meine Frage, ob ich sexsüchtig sei, ganz genau beantworten. Dazu musste ich einige Praxistests absolvieren. Rockige Jugenderinnerungen teile ich genauso mit Ihnen wie meine peinlichsten Sex-Momente, z.B. als ich bei der mysteriösen Alexis einfach nicht kommen konnte. Tja, Nobody´s perfect. Ein Highlight der letzten Zeit war die blutjunge Xandra, ein teures, aber geiles Geschenk des Himmels. Zu guter Letzt verliebte ich mich in Susi. Ich kannte sie seit vielen Jahren als Helferin in der Hautarztpraxis, doch erst Sansibar brachte uns zusammen. Ich liebe sie und führe aktuell 2 Beziehungen. Aber ich muss mich bald entscheiden: Andrea und meine beiden Kinder … oder Susi.

ISBN 978-3-7543-5134-5
Books on Demand

Buch-Tipps vom Womanizer

The Womanizer
Ich, der Fremdgeher 8
Champagner für den Womanizer

Mit Mitte 40 immer noch auf der absoluten Überholspur unterwegs – das ist schon eine Leistung. Trotz zauberhafter Ehefrau und 2 Kindern tobe ich mich weiterhin in den Betten hübscher, williger Damen aus. Diesmal erzähle ich Ihnen von Johanna, einer jungen, aufstrebenden Friseurin, die ich zum Star machte. Dafür war sie mir etwas schuldig. Die 25-jährige Joyce war ein Luder der Klasse 1A. Ich lernte sie bei Magical.TV kennen. Sie führte mich in eine brutale Welt von Lust, Macht, Sex und Dominanz ein, in der auch Biggi auf mich wartete. Dr. Nora wurde nicht nur meine Zahnärztin, sondern auch meine heiße Affäre. Wir trieben es sogar auf dem Behandlungsstuhl.

Merle, die Perle: eine der heißesten Erlebnisse, die ich je hatte. Ich war Anfang 20 und im Auslandssemester in Frankreich, sie die Tochter des Hauses. Sie hatte einen Freund, doch stand auch auf mich. Es war ein langer Weg zum Glück, schließlich verfiel Merle mir mit Haut und Haaren. JJ, AJ und MJ waren Schwestern, die ich nacheinander bei Robinson abgriff. Frau Luckera ist die Sportlehrerin meines Sohnes, doch im Bett gehorcht sie Daddy. Mein Junior sammelte erste sexuelle Erfahrung mit Isla – ihre Mum Felicity gehörte mir. Lotti ist meine beste Freundin. Aber auch beste Freundinnen können verdammt guten Sex. Bei meinem Robinson-Comeback schnappte ich mir 7 Schönheiten. In der S-Bahn verliebte ich mich in Mariella. Sie war optisch eine Traumfrau, im Bett mir allerdings zu krass. Und Valentina ein 24-jähriger One Night Stand.

ISBN 978-3-7543-2112-6
Books on Demand

Buch-Tipps vom Womanizer

The Womanizer
Sex Bomb
100 Tricks, Frauen ins Bett zu bekommen

DER PLAYBOY TRICK * DER PIANIST TRICK * DER FEUERWEHRMANN TRICK * DER BABYSITTER TRICK * DER 6 RICHTIGE IM LOTTO TRICK * DER BILLARD TRICK * DER MAGISCHE ZETTEL TRICK * DER KINO TRICK * DER HUNDEHALTER TRICK * DER ROTE ROSEN TRICK * DER BARMANN TRICK * DER ZAUBER TRICK * DER CHEFREDAKTEUR TRICK * DER JUNG-FRAU TRICK * DER SPIONAGE TRICK * DER SCHLITTSCHUHLÄUFER TRICK * DER PORNODARSTELLER TRICK * DER MASSEUR TRICK * DER VERFLOS-SENEN TRICK * DER SCARY MOVIE TRICK * DER BUCHAUTOR TRICK * DER FUSSBALLSPIELER TRICK * DER BLIND DATE TRICK * DER KOLLEGIN TRICK * DER FOTOGRAF TRICK * DER GIPS TRICK * DER KONZERT TRICK * DER WETTE TRICK * DER REPORTER TRICK * DER SAUNA TRICK * DER KAMASUTRA TRICK * DER CHARLIE SHEEN TRICK * DER SCHLANGEN TRICK * DER WETTBEWERB TRICK * DER AMATEURPORNO TRICK * DER RESTAURANT CHEF TRICK * DER GEBURTSTAGSPARTY TRICK * DER UM-ZIEH TRICK * DER SCHÖNE FRAU TRICK * DER SHOPPING TRICK * DER CALLBOY TRICK * DER XXL-KONDOM TRICK * DER EBAY TRICK * DER EBAY DELUXE TRICK * DER BETTENKAUF TRICK * DER POKER TRICK * DER ANNA TRICK * DER MASKENBALL TRICK * DER EINKAUFS TRICK * DER EX ONE NIGHT STAND TRICK * DER DJ KUMPEL TRICK * DER POR-SCHE TRICK * DER BORDELL CASTING TRICK * DER BORDELL CASTING DELUXE TRICK * DER SEXSHOP TRICK * DER STILLE TRICK * DER E-MAIL TRICK * DER FACEBOOK PARTY TRICK * DER JOGGER TRICK * DER THER-MEN TRICK * DER ROBINSON CLUB CAMYUVA TRICK * DER 25 ZENTIME-TER TRICK * DER SALTO TRICK * DER TRAUM TRICK * DER COACHING FÜR SINGLES BUCH TRICK * DER 5 DVDS ZUR AUSWAHL TRICK * DER STRAPSE TRICK * DER MASSAGEKURS TRICK * DER VISITENKARTEN TRICK * DER WITZE TRICK * DER TAGEBUCH TRICK * DER VIBRATOR TRICK * DER SPIRITUELLE TRICK * DER TANZ TRICK * DER WELTREKORD TRICK * DER POLEN TRICK * DER 10 MINUTEN TRICK * DER VERLASSE-NEN TRICK * DER PFIFFIGE TRICK * DER SCHLAF MIT MIR TRICK * DER SCHAUSPIELFREUNDIN TRICK * DER GANZKÖRPERMASSAGE TRICK * DER FLOATING TRICK * DER ZUCKERWATTE TRICK * DER BUTLER TRICK * DER KÄLTE TRICK * DER PROMIFOTO TRICK * DER STEWARDESS TRICK * DER RETROSPEKTIVE TRICK * DER KUMPEL TRICK * DER CHEF TRICK * DER KAJAK TRICK * DER SCHWESTER TRICK * DER WEIHNACHTSMANN TRICK * DER PUTZFRAU TRICK * DER GESCHENK TRICK * DER SPRICH MICH AN TRICK * DER SADOMASO TRICK * DER ZAHLEN TRICK * DER SPEED-DATING TRICK

ISBN 978-3-8448-0574-1
Books on Demand

Buch-Tipps vom Womanizer

The Womanizer
Meine heißesten Sex-Abenteuer

The Womanizer präsentiert seine allerheißesten Sex-Abenteuer! Nach dem Erfolg seiner Bestseller „Ich, der Fremdgeher 1-6" ist dies ein weiteres Meisterwerk des Mannes, der über 1.500 Frauen im Bett hatte und als Casanova des 21. Jahrhunderts in die modernen Geschichtsbücher eingehen wird. Hierin schildert er seine geilsten Sex-Erlebnisse der letzten 10 Jahre seines aufregenden Lebens und Tuns: Barbara, Teresa, Mary, Iris, Tammy, Rimma, Caro, Lucy, Paula, Jenny, Gabi, Denise, Raliza, Katja, Angie, Anja, Jana, Celine und Alicia heißen die Damen, die The Womanizer für dieses Best of ausgewählt hat.

Jedes dieser Abenteuer zählt zu seinen Favourites. Tauchen Sie ein in die Welt und den Körper des Womanizers und erleben Sie mit ihm seine heißesten Sex-Abenteuer – live und hautnah, uncensored und geil, prickelnd und erlösend. Spüren Sie die Zärtlichkeiten, den Sex, die Erotik, die Lust und die Leidenschaft, die dieses Buch zu einem interaktiven Lesevergnügen machen. The Womanizer wünscht Ihnen viel Freude mit „Meine heißesten Sex-Abenteuer"!

ISBN 978-3-8448-1952-6
Books on Demand

Buch-Tipps vom Womanizer

The Womanizer
SEXSÜCHTIG!
(M)EINE FRAU IST NICHT GENUG

(M)EINE FRAU IST NICHT GENUG – das ist die Philosophie und das Lebensmotto des Womanizers! Nach vielen Bestseller-Büchern präsentiert der Playboy des 21. Jahrhunderts sein Werk „SEXSÜCHTIG!", in welchem er die wundervolle Beziehung zu seiner Ehefrau Andrea beschreibt und gleichzeitig über seine geilsten Seitensprünge intimst Auskunft gibt. Erfahren Sie mehr über den Mann, der schon über 1.500 Frauen im Bett hatte, und seine heißen Sex-Abenteuer mit Isabel, Simone, Carmen, Melly, Sandy, Samira, Michèle, Bianca, Lena, Silke, Lolita und Wendy.

Megaerotisch sind seine intimen Schilderungen von Liebe, Sex und Zärtlichkeit, Lust und Leidenschaft, Gier und Verlangen. (M)EINE FRAU IST NICHT GENUG – der Drang nach neuen Erfahrungen, nach jungen, schönen Körpern und tabulosen Mädels ist groß. Und die Mädels sind willig. The Womanizer nimmt sie gerne, aber nur die Besten! Und was die so alles können, erfahren Sie in diesem Buch!

ISBN 978-3-8482-0035-1
Books on Demand

Buch-Tipps vom Womanizer

The Womanizer
Sexy!
Memoiren eines Playboys

Tauchen Sie ein in eine Welt voller Lust, Leidenschaft, Sex und Erotik! The Womanizer präsentiert seine Memoiren und berichtet von seinen spannendsten Sex-Abenteuern mit blutjungen, bildhübschen 18-jährigen Mädchen bis hin zu 43-jährigen, reifen Damen. Sie alle sind ihm hilflos verfallen und finden einen Ehrenplatz in diesem Werk, das durch intimste Schilderungen und faszinierende Erlebnisse überzeugt.

„Sexy!" ist ein interaktives Lesevergnügen – der Womanizer erzählt seine Begegnungen hautnah und lebendig, als wären Sie persönlich dabei. Freuen Sie sich auf 24 Ladies und ihre Traumkörper, ihre Lust und Gier nach einem Mann, der sie glücklich macht. Anhand seiner orbitanten Leistungen ist The Womanizer zweifelsohne DER Playboy des 21. Jahrhunderts. Und nun viel Freude beim Lesen und Genießen dieses Buches!

ISBN 978-3-8482-0153-2
Books on Demand

Buch-Tipps vom Womanizer

The Womanizer
Verbotene Lust!
Sex ist mein Leben

In „Verbotene Lust!" führe ich Sie in meine geile Vergangenheit und präsentiere einige Raritäten und Perlen meiner sexuellen Lust. Da ich meine Abenteuer dokumentiere, weiß ich exakt Bescheid und kann detailgenau das schildern, was ich erlebe, wovon andere Männer nur träumen. Auch wenn diese Lust eigentlich „verboten" ist, so ist sie für mich normal. Ich sehe nichts Schlimmes daran, dass ich mich sexuell auslebe und mir meinen Spaß auch in anderen Betten hole. Ich verletze meine Ehefrau Andrea ja nicht, sie kennt halt nur nicht die volle Wahrheit. Und die wird sie auch nie erfahren.

Freuen Sie sich auf meine sexuellen Abenteuer mit der Therapeutin Silva, das Maskenball-Spektakel, den sensationellen Vierer mit Kylie, Nele und Helene, die Sex-Toy-Verkäuferin Cathy, die Praktikantin Kerstin, das 18-jährige Kindermädchen Magda, und auf vieles mehr. Sex ist mein Leben, daher werde ich stets die „Verbotene Lust" mitnehmen, leben und genießen, denn ich bin und bleibe The One & Only Womanizer!

ISBN 978-3-7460-4353-1
Books on Demand

Buch-Tipps vom Womanizer

The Womanizer
Meine besten Dreier
2 Ladies & The Womanizer

Was für viele Männer ein ewiger, unerfüllter Traum bleibt, ist für mich geile Realität: der sagenumwobene flotte Dreier! Ach, wie oft schon habe ich 2 Frauen gleichzeitig im Bett gehabt und sensationelle Stunden mit ihnen erlebt. Wenn auf einmal 4 Hände und 2 Münder loslegen und ihr Bestes geben, dann sieht man die Sterne funkeln. Nach meinen Verkaufsschlagern „Ich, der Fremdgeher 1-6" sowie diversen Specials ist es an der Zeit, der großen Nachfrage gerecht zu werden und den Spot auf meine besten Dreier zu lenken. Hier gilt das Gesetz: Wenn ich Gruppensex habe, bin ich der einzige Mann! Platz für einen zweiten Mann gibt es nicht. Und die Frauen, mit denen ich es treibe, müssen hübsch und geil sein. Sexhungrig und offen für alles.

Wenn meine geschätzte Frau Andrea von meiner Dreier-Leidenschaft wüsste, würde sie mich umbringen. Nun ja, einmal hat sie ja selbst mitgemacht, mit der süßen Lena. Dieser ganz besondere Dreier wird ausführlich im Werk behandelt und erhält als Abschlusskapitel den Ehrenplatz. Aber sonst bin ich für Andrea ein liebender, treuer und einfach der perfekte Ehemann und Partner. Bin ich ja auch, bis auf das mit der Treue … Lassen Sie sich eines versichern: Wenn Sie bisher noch keinen Dreier mit 2 Frauen erlebt haben, dann haben Sie wirklich etwas Ultimatives verpasst!

ISBN 978-3-7528-3132-0
Books on Demand

Buch-Tipps vom Womanizer

The Womanizer
Geile 18
Jung, Schön, Sexy & Versaut

Die Zahl 18 ist eine magische, denn sie beschreibt die Eigenschaften, die mir an Frauen wichtig sind: Jung, Schön, Sexy und Versaut! Ich spreche von Göttinnen, die soeben die Grenze vom Mädchen zur Frau überschritten haben und sich in einem überaus reizvollen Alter befinden. Wenn ein Mädchen endlich volljährig wird, steht sie mir offen. Yeah! Ihre süßen, noch mädchenhaften Rundungen, ihr faltenfreier Körper, ihr unschuldiger Blick – all das verführt mich ungemein. Noch mehr verführen mich die 18-jährigen Luder, die es darauf anlegen. Die um geilen Analsex betteln, Fesselspiele beherrschen, Sperma genüsslich schlucken und genau wissen, wie sie mich befriedigen können. Die mit 18 bereits alle Tabus abgelegt haben, um im Bett ihre und meine Erfüllung zu erleben.

Als Mann Ende 30, mit der tollen Andrea verheiratet und Vater zweier wundervoller Kinder, als renommierter Produzent und Gutverdiener, ist es mir eine Ehre, auch heute noch mir das zu holen, was ich will. Sexuell. In meinem Leben habe ich bereits über 1.500 Frauen im Bett gehabt, davon waren sicher 100 dabei, die Sweet Little Eighteen waren. Aufgrund großer Nachfrage habe ich meine besten sexuellen Erlebnisse mit 18-jährigen Girls zusammengestellt. Und dabei festgestellt: Ein Buch reicht dafür nicht aus! Daher kündige ich jetzt schon eine Fortsetzung dieses Werkes an.

ISBN 978-3-7528-8060-1
Books on Demand

Buch-Tipps vom Womanizer

The Womanizer
Supergeile 18
So Jung, Schön, Sexy & Versaut

18 ist eine magische Zahl, denn sie beschreibt die Eigenschaften, die mir an Frauen wichtig sind: So Jung, Schön, Sexy und Versaut! Die Rede ist von Göttinnen, die soeben die Grenze vom Mädchen zur Frau überschritten haben und sich in einem überaus reizvollen Alter befinden. Wenn ein Mädchen endlich volljährig wird, steht sie mir offen. Yeah! Ihre süßen, noch mädchenhaften Rundungen, ihr faltenfreier Körper, ihr unschuldiger Blick – all das verführt mich ungemein. Noch mehr verführen mich die 18-jährigen Luder, die es darauf anlegen. Die um geilen Analsex betteln, das Fesselspiel beherrschen, Sperma schlucken und genau wissen, wie sie mich befriedigen können. Die mit 18 bereits alle Tabus abgelegt haben, um im Bett ihre und meine Erfüllung zu erleben.

Als Mann Ende 30, mit der tollen Andrea verheiratet und Vater zweier wundervoller Kinder, als renommierter TV-Produzent und Gutverdiener, ist es mir eine Ehre, auch heute noch mir das zu holen, was ich möchte. Sexuell. In meinem Leben habe ich bereits über 1.500 Frauen im Bett gehabt, davon waren sicher 100 dabei, die Sweet Little Eighteen waren. Aufgrund der großen Nachfrage habe ich meine besten sexuellen Erlebnisse mit 18-jährigen Girls zusammengestellt. Doch: Ein Buch reicht dafür nicht aus! Dies ist Teil 2, die Fortsetzung von „Geile 18"! Auf geht´s in einen supergeilen Liebesstrudel, denn sie sind So Jung, Schön, Sexy und Versaut!

ISBN 978-3-7528-2472-8
Books on Demand

Buch-Tipps vom Womanizer

The Womanizer
Meine aufregendsten One Night Stand
Frauen, die ich nie vergessen werde

Sex ist mein Leben! Über 1.500 Ladies zwischen 18 und 50 habe ich bisher im Bett gehabt. Als liebevolle Mutter meiner Kinder ist meine langjährige Partnerin und Ehefrau Andrea immer noch meine absolute Traumfrau, der Sex mit ihr ist toll. Dennoch, glücklich in Beziehung und erfolgreich im Beruf, wie ich es bin, brauche ich die Abwechslung im Bett. Damit meine ich aber nicht die Bettwäsche, sondern Damen. One Night Stands sind ein probates Mittel, um unverbindlich und fröhlich sein Vergnügen zu erzielen. Viel einfacher als eine Affäre.

Ich bin ein Profi, was One Night Stands angeht. Zu viele habe ich schon erlebt und erlebe sie weiterhin, dass ich genau weiß, wie ich eine Frau, die ich geil finde, in mein Bett und von ihr heißen Sex bekomme. Für dieses Best of habe ich mich für die aufregendsten One Night Stands meines Lebens entschieden, mit Frauen, die ich niemals vergessen werde. Lassen Sie sich inspirieren von meinen Taten, tauchen Sie ein in den Körper des Womanizers, und ab geht die Bett-Post!

ISBN 978-3-7528-4102-2
Books on Demand

Buch-Tipps vom Womanizer

The Womanizer
Meine aufregendsten One Night Stand 2
Frauen, die ich niemals vergesse

Sex ist mein Leben! Über 1.500 Ladies zwischen 18 und 50 habe ich bisher in meinem Bett gehabt. Als liebevolle Mutter meiner beiden Kinder ist meine langjährige Partnerin Andrea immer noch meine absolute Traumfrau. Dennoch, glücklich in Beziehung und erfolgreich im Beruf, wie ich es nun mal bin, brauche ich ständige Abwechslung im Bett, und damit meine ich nicht Bettwäsche, sondern Damen. ONS, One Night Stands, sind ein probates Mittel, um unverbindlich sein Vergnügen zu erzielen. Viel einfacher als eine Affäre.

Ich bin Profi, was solche One Night Stands angeht. Zu viele habe ich schon erlebt, dass ich genau weiß, wie ich eine Frau, die ich supergeil finde, ins Bett und von ihr Sex bekomme. Für dieses Best of habe ich mich für die aufregendsten ONS meines Lebens entschieden, mit Frauen, die ich niemals vergesse. Ich wünsche Ihnen Freude beim interaktiven Studieren meiner geilsten One Night Stands Teil 2!

ISBN 978-3-7460-4936-6
Books on Demand

Buch-Tipps vom Womanizer

The Womanizer
In MILF Paradise
Extravagante sexuelle Erlebnisse mit scharfen Müttern

MILF (Mothers I´d like to fuck) sind etwas Exklusives, denn sie sind sexy, rattenscharf und geil. Ich habe in meinem Leben bereits über 1.500 Frauen im Bett gehabt, Dutzende waren horny MILF. Viele davon verheiratet, einige Single. Die jüngste MILF war 18, die älteste 47. In diesem Werk habe ich meine extravagantesten sexuellen Erlebnisse mit ebendiesen lasziven Müttern und Kindshüterinnen zusammengestellt. Meine Frau Andrea ist nach wie vor unwissend meines wilden Treibens. Ihr bin ich der perfekte Gatte und liebevolle Vater unserer 2 Kinder.

Doch so sehr ich meine Frau liebe, treu sein kann und will ich ihr einfach nicht. Dieses Projekt „In MILF Paradise" entstand durch mein sensationelles Erlebnis mit Kollegin Nina, 23-jährige Mutter des kleinen Anton (2). Nina war der helle Wahnsinn! Ihr gebührt daher auch der Startplatz. Freuen Sie sich auf meine geilsten Affären mit MILF-Mothers, die auch Sie sofort nehmen würden. Ich wünsche Ihnen viel Freude und Anregung beim Lesen!

ISBN 978-3-7481-9116-2
Books on Demand

Buch-Tipps vom Womanizer

The Womanizer
Besiegt, Erobert & Geliebt
Wie ich Frauen über Wetten zum Sex bekomme

„Wetten, dass..?" – Wer kennt sie nicht, die einzigartige ZDF-Samstagabendshow, die 35 Jahre lang die Welt erfüllte. Spektakuläre Wetten wurden durchgeführt. Wetten spielen auch in my life eine große Rolle. Ich wette sehr gerne! Weil ich dadurch schon viele Frauen rumbekommen habe. In vorliegendem Werk habe ich meine heißesten Sexgeschichten zusammengestellt, die ich mir erspielt habe. „Besiegt, Erobert & Geliebt" lautet diesmal das Motto. In der Regel bekomme ich Frauen auch so.

Über 1.500 habe ich bereits im Bett gehabt, bald knacke ich die 2.000. Einige von ihnen musste ich aber ein wenig überzeugen, es mit mir zu tun. Und hier kommen die Wetten ins Spiel. Man muss Frauen nur eine reizvolle Wette anbieten, mit einem Gewinn für sie. Man muss sie auch am Ego packen. 7 geniale „Besiegt, Erobert & Geliebt"-Erlebnisse warten hier auf Sie. Diese sollen Sie inspirieren und Ihnen zeigen, welche Tricks mir halfen, die Nuss doch noch zu knacken.

ISBN 978-3-7528-9408-0
Books on Demand

Buch-Tipps vom Womanizer

The Womanizer
Meine wildesten Erlebnisse
Wenn Fantasien Wirklichkeit sind

Der Womanizer ist back, mit seinen wildesten Erlebnissen im Gepäck. Wir blicken auf Highlights meiner Laufbahn. Yasmin, die als Teenager in mich verliebt war. 20 Jahre später kommt es zur Reunion. In Irland hatte ich in 14 Tagen 3 Frauen. Meine Ehefrau Andrea war früher auch nicht so ohne: Was ich in ihrer „Magic Box" fand, war sehr brisantes Material. Ich interessierte mich für die hübsche Sex-Workerin Agnes, doch es kam anders. Dann Tinder: Janka war eine krasse Lady mit speziellen Vorlieben.

Und was ich mit meiner älteren Schwester erlebt habe, sollte ich besser für mich behalten. Ich bin ein Fan von erotischen Massagen. So gerne genieße ich dort eine schöne Stunde. Als Blue Man Sex zu haben, wer kann das schon von sich behaupten? Dann darf die 19-jährige, süße Quirina nicht fehlen, die Tochter meines Ex-Chefs. Es sind 112 Seiten Erotik und wilde Erlebnisse, die Sie anregen sollen, es mir gleich zu tun. Let´s enjoy life!

ISBN 978-3-7504-9750-4
Books on Demand

Buch-Tipps vom Womanizer

The Womanizer
AusgeSEXt
Das Ende meines Glücks?

Ist dies das Ende des Womanizers? Meine geliebte Ehefrau Andrea hat mich rausgeschmissen und verlangte eine Auszeit. Ich organisierte mir eine Mietwohnung und ließ es trotzdem krachen. Gott sei Dank nahm mich Andrea ein halbes Jahr später wieder zurück. Glück gehabt! Während dieser heiklen Phase poppte ich so einiges: Daphne (18) hatte sich über den gefürchteten Wendler-Komplex in mich verliebt. Mit ihren sexy Schulfreundinnen vernaschte sie mich mehrmals. Heidi war nicht nur meine Immobilienmaklerin, sondern auch eine gute Gespielin im Bett. Der sexuell blockierten Maren erteilte ich Lektionen in Lust und Leidenschaft.

Die reizvolle Tattoo-Lady Jackie (34) verführte mich mit ihrem Körperschmuck. Cornelia und Leonie angelte ich mir für einen flotten Dreier und mehr. Sonja war für mich unerreichbar, also trickste ich und machte sie gefügig. Käuflich bin ich nicht, das musste die erfolgreiche Geschäftsfrau Laetitia erkennen. Statt meiner Firma ließ ich sie etwas anderes schlucken. Mein Business-Trip nach Holland brachte mich mit Susanna zusammen. Eines steht fest: AusgeSEXt habe ich noch lange nicht!

ISBN 978-3-7494-3471-8
Books on Demand

Buch-Tipps vom Womanizer

The Womanizer
Der frühe Vogel fängt den Wurm
Sweet Memories

Wer ein Womanizer werden will, muss früh beginnen. In diesem Special widme ich mich einigen meiner frühen Abenteuer. Ich stelle Rali vor, mit der ich meinen ersten Sex hatte. Die scheue Flavia weihte ich in die Liebeskunst ein. Gleichzeitig genoss ich ein heißes Programm mit ihrer älteren Schwester Franzi. Während meiner Abiturzeit ließ ich es richtig krachen. Ich vögelte mit meiner sexy Sportlehrerin Sarah.

Bei den Bayerischen Meisterschaften in Badminton legte ich die Dorothea und auch Rebecca H. flach. Die bilderbuchhübsche Susanne bekam ich über Chloe. Aus einer vertrauensvollen Bruder-und-Schwester-Beziehung mit Jasmin wurde inniger Sex. In Irland nahm ich Pippa, Emma und Teamleiterin Becky. Auf einem Musik-Festival genoss ich mit Natascha und Doreen einen lustvollen Dreier. Meine schicke Nachbarin Juli hasste mich zuerst, doch dann liebte sie mich, da ich ihre Probleme löste. Genießen Sie diesen Einblick in meine extravagante Jugendzeit!

ISBN 978-3-7519-8008-1
Books on Demand

Buch-Tipps vom Womanizer

The Womanizer
Der Robinson-Playboy
Von blauen Männern und heißen Girls

Bevor ich meine Frau Andrea kennenlernte, zelebrierte ich mein Leben als Animateur im Robinson Club Soma Bay. Dieses Buch enthält meine geilsten sexuellen Abenteuer aus meiner Studentenzeit und aus meinem Auslandsaufenthalt im Paradies. Wir starten mit der süßen Julia, die bis heute einen speziellen Platz in meinem Herzen hat. Die hübsche Lesbe Alice war in unserer Sportgruppe und wollte einen Mann ausprobieren. Soma Bay: Im Kicker-Duell erspielte ich mir Sex mit Tanz-Choreo Anush. Meine 28-jährige Teamchefin Ronda war eine top Beach-Volleyballerin, doch ich war besser. So musste sie mich erotisch massieren.

Zwaantje war Kickboxerin. Als Special Guest prügelte sie Gäste durch ihre Kurse, im Bett konnte sie sehr zärtlich sein. Quirina war Clubchef Uwes Tochter. Ein hübsches Ding! Die 19-Jährige verliebte sich in mich und ich erlebte mit ihr äußerst innige Tage. Als Blue Man Sex zu haben, ist etwas Exklusives. Blaue Ficks entstanden. Zurück in Deutschland nervte mich Nachbarin Ariel, doch aus dem Langstrumpf-Pippi-Verschnitt wurde ein so sexy Girl. Viel Freude mit blauen Männern und heißen Girls!

ISBN 978-3-7494-3318-6
Books on Demand

Buch-Tipps vom Womanizer

The Womanizer
Hot Business 1
Hübsche Kolleginnen sind gute Kolleginnen

Seit über 20 Jahren arbeite ich als TV-Produzent. Vom Mitarbeiter zum Big Boss. Ich bin schon 17 Jahre mit meiner heutigen Ehefrau Andrea zusammen und habe 2 tolle Kinder mit ihr. Und trotzdem habe ich sie unzählige Male sexuell betrogen. Still going on. „Hot Business" ist eine Serie über meine heißesten Sex-Abenteuer mit so sexy Kolleginnen, Praktikantinnen und Geschäftspartnerinnen. Dies ist Band 1. Isabel war die Erste. Melly wurde zur Affäre. Sandy ein Luder der Basic-Instinct-Sorte.

Linda eine mächtige Instanz, die mich nach dem Bettspiel abservierte. Ich rächte mich. Joanna war für unsere Webseite zuständig, doch sie widmete sich auch meinen intimsten Bedürfnissen. Nancy war dumm, aber gut im Bett. Silke verhütete, auf einmal war sie schwanger. Ich musste handeln. Lucy zelebrierte ein Praktikum der besonderen Art. Mary und Iris vögelte ich in Dänemark. Das Wiedersehen mit meiner Jugendliebe Raliza auf Businessebene war sehr versaut. Mein geiles Motto: Hübsche Kolleginnen sind gute Kolleginnen!

ISBN 978-3-7519-8942-8
Books on Demand

Buch-Tipps vom Womanizer

The Womanizer
Hot Business 2
Wenn die Arbeit zum Vergnügen wird

Seit über 20 Jahren arbeite ich als TV-Produzent. Vom Mitarbeiter zum Boss. Ich bin schon 17 Jahre mit meiner Frau Andrea zusammen und habe 2 tolle Kinder mit ihr. Trotzdem habe ich sie unzählige Male sexuell betrogen. Still going on. „Hot Business" ist eine Serie über meine heißesten Abenteuer mit sexy Kolleginnen, Praktikantinnen und Geschäftspartnerinnen. Dies ist Band 2. Das Wiedersehen mit Lucy gipfelte in einem Dreier mit Paula. Eva war Ü40, aber auch Ü-heiß. In Amerika erlebte ich krasse Abende in einer Glory Hole Bar.

Ella (28) wurde zu einer sweeten Affäre. Japse Aiko hatte noch nie eine deutsche Banane – dann kam ich. Mit Sabrina erlebte ich scharfen Sex, mit der dunklen Shari käuflichen. Kerstin war mit das geilste Mädel in meinem Bett. Larissa ein ONS. Ich verführte Kamerafrau Janine, obwohl sie mit Peer zusammen war. Sonja war ein eigener Fall. „Hot Business" habe ich diese erotische Buch-Reihe genannt, getreu meinem Motto: Wenn die Arbeit zum Vergnügen wird!

ISBN 978-3-7519-9979-3
Books on Demand

Buch-Tipps vom Womanizer

The Womanizer
Hot Business 3
Traumfrauen gibt es in jeder Firma

Seit über 20 Jahren arbeite ich als TV-Produzent. Vom Mitarbeiter zum Big Boss. Ich bin schon 17 Jahre mit meiner heutigen Ehefrau Andrea zusammen und habe 2 Kinder mit ihr. Trotzdem habe ich sie unzählige Male sexuell betrogen. Still going on. „Hot Business" ist eine Serie über meine heißesten Sex-Abenteuer mit Kolleginnen, Praktikantinnen und Geschäftspartnerinnen. Dies ist Band 3. Anastasia war die perfekte Frau. Kylie, Nele und Helene vernaschten mich zu dritt. Sophie, die Königin der Füße. Juliette und Olga kämpften um mich, dann teilten sie schwesterlich. Moderatorin Anna-Christina wollte mich in unter 5 Minuten glücklich machen.

MILF Nina (23) war mehr als eine Angestellte. Chiara gewann ich durch ein Trick-Spiel. Evelyn tat ALLES für den Erfolg ihrer Tochter. Meine Ex-Chefin Becky wurde schwach. Laetitia wollte meine Firma, doch sie bekam etwas anderes. Lady Susanna führte mich in härtere Sphären ein. Die Abenteuer mit der Tattoo-Frau Jackie sind legendär. „Hot Business" habe ich diese erotische Buch-Reihe genannt, denn: Traumfrauen gibt es in jeder Firma!

ISBN 978-3-7526-0883-0
Books on Demand

Buch-Tipps vom Womanizer

The Womanizer
Gelegenheit macht Liebe
Ein Abenteuer kommt selten allein

Ein Abenteuer kommt selten allein. Zumindest für den, der fleißig danach sucht. Und genau das tue ich. Ich, der Womanizer, der schon über 2.000 Frauen im Bett hatte und noch längst nicht genug hat. In den letzten Monaten war ich äußerst aktiv. Okay, ich bin verheiratet und habe Kinder. Ich führe eine Familie. Und doch: Das alles ist mir nicht genug. Ob ich meine Andrea betrüge? Ja. Aber nicht wirklich, schließlich finanziere ich uns allen ein geiles Leben. Ich schufte viel und treibe das Geld ein. Da darf man sich auch mal was gönnen. Während sich andere ihren vierten Porsche kaufen, stecke ich mein Geld lieber in die Betten anderer Frauen.

In diesem Buch nehme ich Sie mit nach Amerika, wo ich ein heißes Abenteuer mit Geschäftsfrau Harper hatte. Welche Rolle dabei die Diven Grace und Eleanor spielten? Lassen Sie sich überraschen! Manchmal allerdings hilft nicht einmal der größte Charme, eine Frau gefügig zu machen. Doch bares Geld macht alle Frauen schwach! Die blutjungen und bildhübschen Nele und Xandra musste ich bezahlen, aber es lohnte sich sowas von. Marlene lernte ich im Fußballfieber kennen, nach dem Abpfiff durfte ich einlochen. In Schottland hatte ich Sex mit 9 Frauen gleichzeitig. Rockige Erinnerungen gebe ich ungefiltert an Sie weiter ebenso wie aktuelle News: Ich bin zum 3. Mal Daddy geworden. Aber meine Andrea ist nicht die Mutter von Niklas. Männer, denkt daran: Gelegenheit macht Liebe, also nutzt sie!

ISBN 978-3-7557-2624-1
Books on Demand

Buch-Tipps vom Womanizer

The Womanizer
Eine Affäre macht noch keine Liebe
Oder doch?

Eine Affäre macht noch keine Liebe. Oder doch? Seien wir ehrlich: Ich bin ein toller Ehemann, Vater, Firmenchef, Liebhaber, Seitenspringer. Treue ist etwas Glitschiges, das so keine Bedeutung für mich hat. Emotionale Treue ja, aber körperlich muss ich mich austoben. Und das geht nicht nur mit einer Frau. Ja, ich spreche von Andrea, meiner großen Liebe. Wenn sie wüsste, was ich alles treibe. Zum Glück weiß sie es aber nicht … oder vielleicht bald doch? Denn ich habe festgestellt, dass der Satz „Eine Affäre macht noch keine Liebe" solange Gültigkeit hatte, bis Susi in mein Leben kam. Die verstörte, von ihrem Ex gepeinigte, zierliche Schönheit hat mein Leben verändert. Ich habe mich total in sie verliebt. Ist mir schon mal passiert, mit Melly. Damals konnte ich noch die Kurve kratzen. Doch diesmal ist es viel schwieriger. Soll ich Andrea und meine Kinder verlassen? Oder meine zweite Liebe Susi verabschieden? Jene heikle Frage dominiert dieses Buch.

Aber es gibt noch mehr Geiles aus meinem Leben, z.B. meine Besuche bei Sexualtherapeutin Juna, die für mich, um eine korrekte Diagnose zu stellen, sämtliche Tabus brach. Letzten Endes landeten wir in der Kiste. Spooky waren die Erlebnisse, die ich mit Sexarbeiterin Alexis hatte. Hier versagte der Womanizer auf ganzer Ebene. Ich konnte einfach nicht kommen, weil sie mich immer so durchdringend anstarrte. Und das war nicht meine einzige Niederlage. Aber auch andere mussten Niederlagen einstecken, die ich ihnen beibrachte, z.B. Ahmed und Osama. Dafür bekam ich ihre Frauen. Auch Zuhause war einiges los: Andrea überraschte mich mit einem flotten Kurzhaarschnitt. Neuer Haarschnitt, neue Frau. Ja, ich hatte meinen Spaß!

ISBN 978-3-7557-5822-8
Books on Demand

Buch-Tipps vom Womanizer

The Womanizer
Meister der Technik
Der Griff in die Trickkiste

Ich bin ein Meister der Technik. Beruflich wie privat, vor allem im Bett. Als Künstler habe ich mir hier einen exquisiten Ruf erarbeitet. Doch der größte Meister aller Technik ist der Womanizer: das revolutionärste Sex Toy, das alle Frauenherzen glücklicher schlagen lässt. Der Erfinder dieser Zaubermaschine ist der Obermacker! Dieses Buch ist dem Wunderwerk der Technik gewidmet. Was im Bett alles mit Hilfsmitteln möglich ist, habe ich gebender sowie empfangender Weise erfahren, von den klassischen Vibratoren, Rabbits, anderen Tools bis zum Womanizer. Begonnen hat alles mit meiner Frau Andrea. Ihr schenkte ich ihren ersten Womanizer. Seitdem sind es einige mehr geworden. Dieser Meister der Technik hat ihr Leben, damit auch unser gemeinsames Sexleben verändert. Es war vorhin schon geil, aber jetzt ist es der Wahnsinn.

Selbst Frauen mit Orgasmusproblemen schwören auf den Womanizer. Er ist die ultimative Lustmaschine, kann unendlich viele Höhepunkte schenken, ohne zu überreizen. Nicht nur Andrea verwöhne ich damit, auch andere Frauen. Für meine außerehelichen Abenteuer habe ich immer eine Zweitversion dabei. So nehme ich Sie mit auf die Reise zu Verkäuferin Cathy, die mich mit dem Twin Charger verführte, zu Stewardess Denise, der ich auf die Schliche kam, zu Alexandra, die elektrisch ganz anders konnte, zu Geschäftsfrau Beate, die heiße Whirlpoolspiele bevorzugte, zu USA-Sweetie Ella, die fast durchdrehte, zu MILF Charlotte, die ihre Erfüllung fand, auch zur luderhaften Xandra, die für Geld alles mit sich machen ließ.

ISBN 978-3-7543-4242-8
Books on Demand

Buch-Tipps vom Womanizer

The Womanizer
Die Sandkastenfreundin und andere Abenteuer
Was sich liebt, das küsst sich

Was sich liebt, das küsst sich. Das ist die Wahrheit. Der Womanizer liebt viel(e) und küsst somit auch viel(e). In diesem Werk stelle ich Ihnen meine Sandkastenfreundin Lotti vor, mit der ich eng befreundet bin. Wir lieben uns sehr, haben nie miteinander geschlafen, aber heißes Petting war erlaubt. Das waren zauberhafte Momente! Dass man Spaß auf dem Zahnarztstuhl haben kann, beweise ich. Die klassische Zahnbehandlung von Frau Dr. Nora ist damit natürlich nicht gemeint, ich bin ja kein Maso. Was Nora mit mir auf dem Weißen Stuhl angestellt hat, ist jede Sünde wert. Mein Sohnemann John Paul wird langsam erwachsen und vögelt bereits seine ersten Freundinnen. Daddy nimmt sich die Mütter vor. Sogar JPs Sportlehrerin Frau Luckera will dran glauben. Die athletische 29-Jährige zeigte sich zuerst unfreiwillig meinem Sohn nackt, dann freiwillig mir. Wir kamen uns in der Sauna näher und vögelten uns einige Male das Hirn raus und wieder rein.

Auf der Businessmesse wurde ich zum Messeständer. Die 24-jährige Hostess Valentina war mir 600 Euro wert, dafür bekam ich alles, was ich wollte. Und ich wollte viel! Johanna war die Friseurin, die mehr konnte. Sie schnitt mein Haar besonders schön, hatte aber auch Talent zum Modeln. Ich engagierte sie und schoss ihr für Gegenleistungen Extraprämien zu. Besiegt & so sexuell erobert habe ich viele Frauen. Im Buch stelle ich Mariella und Anush vor, die beide gegen mich verloren und mir dadurch kurzfristig gehörten. Lernen Sie von meinen Abenteuern und erfüllen Sie sich, ebenso wie ich, all Ihre sexuellen Träume!

ISBN 978-3-7578-1503-5
Books on Demand